講談社文庫

凛として弓を引く

奮迅篇

碧野 圭

講談社

主な登場人物

矢口《やぐち》楓《かえで》……武蔵野西《むさしのにし》高校三年。弓道部部長。優柔不断でやや人見知り。弓道弐段《にだん》。

真田《さなだ》善美《よしみ》……武蔵野西高校三年。校内一の美少女で弓道も上手《うま》いが無愛想。部の会計係。

薄井《うすい》道隆《みちたか》……武蔵野西高校三年。未経験だったが楓たちに誘われ弓道を始める。副部長。

高坂《こうさか》賢人《けんと》……武蔵野西高校二年。楓や善美たちと同じ弓道会にも所属。弐段の腕前。

大貫《おおぬき》一樹《かずき》……武蔵野西高校二年。中学は柔道で活躍していたが弓道を始める。おっとり系。

山田《やまだ》カンナ……武蔵野西高校二年。アメリカからの帰国子女。弓道部のムードメーカー。

田野《たの》倉《くら》誠《まこと》……武蔵野西高校教師で弓道部コーチ。弓道経験者だがとらえどころのない性格。

白井《しらい》康之《やすゆき》……楓たちが所属している弓道会の先輩。武蔵野西高校の元教師で弓道を指導する。

真田《さなだ》乙矢《いつや》……善美の兄。楓たちの所属する弓道会に所属。大学の弓道部はやめ流鏑馬《やぶさめ》を志す。

国枝《くにえだ》達樹《たつき》……段位は初段だが弓歴半世紀以上の流鏑馬の達人。射《しゃ》は弓道会の誰よりも美しい。

凜として弓を引く

奮迅篇

1

「……以上がこの一年の活動です。部員は男女各三名ずつですが、協力しあって活動しています。来年度以降も継続して活動ができるよう、同好会から部への昇格をお願いします」

二年生の矢口楓《やぐちかえで》は用意していた文面を一気に読み上げた。つっかえることなく読み終えた事にほっとして、教壇の上から座席の方を見る。正面すぐの席に生徒会長と生徒会の役員が固まって座っている、その後ろに各委員会の委員長、各クラスのクラス委員が座っている。

今日は今年度最後の生徒総会だ。楓はそこに呼ばれて、弓道部昇格のためのプレゼンテーションをしている。

楓は座っている生徒の中に同じ弓道部の薄井《うすい》を見つけた。ミッチーこと薄井道隆《みちたか》は楓と同じ二年四組で、クラス委員でもある。それで生徒総会に参加していた。ミッチーと目が合うと、彼は励ますようにうなずいた。

今日読み上げた文章は、ミッチーと一緒に作り上げたものだ。彼は役員の経験が何度もあるので、こういう文章を作成するのは得意だ。

「何か質問はありますか？」

司会をしている副会長が問い掛ける。男子生徒のひとりが挙手をして、質問をする。

「あの、部員六人のうち一年は何人ですか？」

「三人です」

「だとすると、あなたたちが三年になって引退したら、三人しか残りませんね。それで続けられるのでしょうか？」

「そのために、来年度は新入部員獲得に向けて頑張ります。試合でも少しずつ結果を出していますから、希望者はいると思います」

ミッチーとどんな質問が出るか予想し、回答も考えていたので、すらすらと答えが出た。さらに生徒会長が付け加える。

「最近弓道部はほかの学校でも人気があると聞くし、弓道アニメがヒットしているから、やってみたいと思う新入生は多いと思う。部に昇格すれば、新入生歓迎会で部のアピールもできるし、ある程度の人数は期待できると思います。それに武蔵野《むさしの》地区の大会で、初出場で決勝トーナメント進出というのはなかなか立派です。ちゃんと活動している成果が上がってるってことですね」

続けて副会長も補足する。

「実は弓道部は突然できたわけでなく、十数年前まではうちの学校にも弓道部があり、強豪校として知られていたそうです。そのため部室も道具も残っています。それをそのままにしておくより、復活させた方が資源の有効活用かと」

思いがけぬ二人の援護は同席していた役員たちにも響いたらしい。かすかにざわめきが聞こえた。彼らの後押しが効いたのだろう。その後多数決を採ると、賛成多数で部の昇格が承認された。

「弓道同好会の件については、来年度からの昇格を承認するということで議決しました。では、次の議題に移ります」

楓は教壇を下り、用意された席へと戻る。今回だけの発言者なので、一番後ろの席だ。

戻って行く途中、ミッチーがこちらを向いて小さくガッツポーズを取った。楓も目立たないように同じポーズを取って、席に座った。

「あーよかった、ほっとした」

ミッチーと部室に向かいながら、楓は大きく息を吐《は》いた。

「楓の発表、よかったよ。思っていたより落ち着いてしゃべってた」

「まあね。試合の競射に比べれば、たいしたことない。どうせ形式だけのことだと思っていたし」

「そうでもないよ。部を作りたいという要望はよくあるんだけど、八割くらいは却下される。同好会ならすぐＯＫされるけど」

「そうだったんだ」

形だけだと思ったから落ち着いてしゃべれたけど、自分のプレゼンテーションに部の今後が掛かっていると知っていたら、あがっていたかもしれない。

「部を増やすとそれだけ予算が削られるから。既得権のある連中は新しい部の設立を好まないんだよ」

「知らなかった。同好会を一年続けたら昇格させるって生徒会長には言われていたから、そういうものだと思っていた」

「でも、生徒会長も副会長も好意的な発言をしてくれたね。どうしてだろう？」

「さあ。どうしてだろうね」

楓は言わなかったが、予想はついた。なぜ弓道部が長く休部になっていたか、その原因がわかった時に、それを副会長に伝えた。もともと彼女がその原因を探れ、と言いだした張本人だったのだ。彼女は私たちが理由を探り当てたことを褒《ほ》めてくれて、白井《しらい》さんや雨宮《あまみや》さんの話にいたく感銘してくれた。「そういうことも我が校の知られざる歴史の一部だね」と言っていた。それでうちの部に好意を持ってくれたのだと思う。

「ところで、予算って何に使うの？」

「新しい用具を買ったり、夏の合宿や遠征費用に充《あ》てる」

「合宿かー。いいなあ」

部活で合宿って、青春って感じがする。

弓道の合宿ってどんなだろう。一日中弓を引いていられるんだろうか。

それって最高だな。

「でも、僕らあと一ヵ月で三年になるから引退もすぐ。春の関東大会予選とインターハイ予選で負けたら、そこで終わり。たとえあったとしても、合宿に行けるかどうかはわからないけどね」

ミッチーの言葉に、現実に引き戻される。関東大会予選は四月、インターハイ予選は六月だ。弓道部だけではない、ほかの部活も同じだ。だからほとんどの三年生は夏休み前に部活の引退が決まるといっていい。

「そっかー。負けた時点でアウトか。ハードル高いね」

「まあね。奇跡でも起こらないと夏まで残るのは無理だろうね」

奇跡。ほんとうにそうだ。そうなると私たちの部活もあと三ヵ月か四ヵ月で終わっちゃうんだな。

「でもまあ、とにかく今日はよかった。みんな待ってるだろうから、早く知らせよう」

そんな話をしながら急ぎ足で廊下を歩いていると、ふいに一年生の教室から女子が出て来て、楓にぶつかりそうになった。

「すみません」

謝りながら彼女は楓たちを見て、あっと驚いた顔をした。

なんだろう。ミッチーの知り合いかな？

楓が不思議に思っていると、少女の方から遠慮がちに切り出した。

「あの、もしかして弓道部の方ですよね」

「はい。そうです。どうしてわかったんですか？」

弓道着を着ているならまだしも、いまは制服姿だ。

「去年の文化祭で弓道体験やっていましたよね。それに参加したので……」

「ああ、そうだったんですね」

楓は表情が緩《ゆる》む。弓道体験は盛況だった。多くはミス・ムサニと呼ばれる部員の真《さな》田《だ》善美《よしみ》の弓道姿を見るのが目的だったみたいだが、少なからず女子もいた。彼女はそのひとりだったのだろう。

「あの……弓道部に入りたいんですけど、私でも大丈夫でしょうか？」

少女の声は少し震えている。勇気を振り絞って、という感じだ。

「もちろんです。あなた一年生ですよね？」

楓は即答した。弓道部員は男女三人ずつの六人しかいない。試合に出るのもギリギリの数だ。学期の途中でも、入ってくれる人がいるのは大歓迎だ。

「あ、はい。一年二組の笹原真帆《ささはらまほ》です」

「私、二年四組の矢口楓。一応、部長です。こちらは同じクラスで副部長の薄井道隆」

紹介されたミッチーは軽く会釈《えしゃく》した。

「よろしくお願いします」

真帆は緊張した面持《おもも》ちで頭を下げた。細身で眼鏡《めがね》を掛けた真面目《まじめ》そうな子だ。自我を主張するタイプには見えないから、入部してもみんなと上手《うま》くやっていけるだろう。

「こちらこそ、よろしくお願いします。笹原さん、弓道は初めて？」

「文化祭の弓道体験が楽しかったので、近所の体育館の初心者教室に入りました。そこでも少し。でもそれは週に一回しかないので、だんだん物足りなくなって、ちゃんとやってみたくなったんです」

弓道体験に参加しても、ふつうは面白かった、で終わってしまう。そこから次の行動に繋《つな》げるのは、ちゃんと自分の意志を持っている子だ、と楓は思った。

「ありがとう。うちは部員が少ないんで、みんな新しい部員が増えるのは喜びます」

「じゃあ、入部受け付けていただけるんですね」

「正式には入部届を顧問の田野倉《たのくら》先生が受理してからだけど、問題ないと思う」

部員で反対する人はいないだろう。自分たちは三年になればすぐ引退してしまう。四月に新入部員が入らなければ、せっかく昇格したのに存続が危うい。いまのうち一人でもキープしておくのはよいことだと思う。

「よかった」

真帆は明らかに安堵《あんど》した顔になった。

「これから屋上の弓道場に行くんだけど、見学していきます？　みんなも喜ぶよ」

「いいんですか？」

「もちろん。大歓迎です」


楓たちが着いた時には既にほかの部員は屋上にいて、畳《たたみ》を出しているところだった。専用の弓道場はなく、屋上の仮設の弓道場で練習するのだ。畳に的を付けるのだが、雨が降るといけないので、ふだん畳や的は出入口前の踊り場においてある。

「どうだった？」

楓たちの姿を見て、みんなが集まって来た。今日の総会の結果が気になるのだ。

「ばっちり。この四月から正式に弓道部として活動することが認められた」

「やったー！」

「よかったー」

「楓先輩、お疲れさまでした」

パチパチと拍手をするものもいる。みんな嬉しそうに笑っている。

「これで俺らの野望に一歩近づいた」

高坂賢人《こうさかけんと》が言うと、山田《やまだ》カンナが聞く。

「野望って？」

「全国制覇だ。来年のインターハイで優勝を目指す」

「はいはい、夢は大きい方がいいね」

カンナに軽くあしらわれ、賢人は不満げに言う。

「だって弓道部をやる以上、目標はそれだろ？　全国の高校弓道部の連中がみんなそれを目指している」

「それはいいけど、まずは来月の関東大会の予選を突破することが先決ね。関東の大会にも出られないで、全国制覇は無理だから」

「まあ、そうだけどさ」

じゃれているふたりを無視して、大貫一樹《おおぬきかずき》が楓の後ろにいる女子をみつけて聞く。

「楓、そちらは？」

「あ、笹原だ。なんでここへ？」

初めて気がついたのか、賢人が声を出す。

「賢人、彼女知ってるの？」

「うん。同じクラスだし」

「彼女、弓道部に入部したいんだって」

「へえ、弓道に興味あったんだ」

賢人が意外というように、真帆をじっと見た。真帆は恥ずかしそうに下を向く。クラスは同じでも、あまり交流はなかったのだろう。

「学祭の時、体験教室に来てくれたんだって。それで興味持って、地元の体育館で練習してたんだそうよ」

「体験教室？　気づかなかった。俺が休憩中の時だったのかな？」

賢人はぶつぶつと言っているが、ほかのみんなは気にしていない。やっていた作業を止めて、真帆の近くに寄ってくる。

「えっと、みんなに紹介するね。こちら、入部希望者の笹原真帆さん」

「よろしくお願いします」

名前を呼ばれた真帆は、軽く頭を下げた。嬉しさ半分好奇心半分といった感じで見ていた部員たちも、バラバラに頭を下げる。

「用具とかは持ってるの？」

「試しにやってみる？」

カズやカンナが声を掛ける。カンナ以来久しぶりの入部希望者で、みんな浮き立っている。とくにカンナは同じ一年の女子ということで、親近感を持ったらしい。

「用具、揃えた方がいいですか？」

「ううん。たいていのものは部室にある。それを使えばいい。弓も何張《なんはり》もあるから、好きなのを選べるよ」

カンナが答える。

「弓道着だけは用意した方がいいけど、それも急いで用意することはないよ。最初は体育のジャージで十分だから」

楓が補足する。部員として定着するかどうかはまだわからない。実際に部に参加して、本人が継続して続けるという覚悟ができたら、弓道着を揃えればいい。

「ねえ、せっかくだから、ちょっと引いてみない？」

「いいんですか？」

少女は嬉しそうに言う。

「でも、ジャージはある？」

「はい、ロッカーにあります」

「私が一緒に部室に行って、彼女にあう道具を探してきます。じゃあ、一緒に行こう」

カンナは真帆の手を取ると、急ぎ足で駆けて行った。楓も弓道着に着替えるため、ふたりの後を速足《はやあし》で追った。

2

三月は気ぜわしい。入試、卒業式と学校行事でも最大級のイベントがある。二年生の楓にはどちらも直接は関係ないが、学校全体が静かな熱を帯びたような感じで、どこか落ち着かない。顧問の田野倉先生も行事の準備に忙しく、なかなか練習には付き添えない。

「もうすぐ関東大会の予選だっていうのにな。たのっち、頼りにならないぜ」

賢人が愚痴《ぐち》をこぼす。ここ二週間くらい田野倉は姿を見せていない。弓道の指導力はいまいちだが、ちょっと変人で教師ぶらない田野倉のことを部員はみな慕《した》っている。

「まあ、いいじゃない。今日は白井さんが来てくださる日だし」

白井康之《やすゆき》は楓たちの所属している地元の弓道会の大先輩だ。かつて武蔵野西《むさしのにし》高校の教師もしていた。その縁で、去年から弓道同好会の指導をしている。二月は白井の家庭の事情で来られなかったので、久しぶりに指導が受けられる。楓もほかの部員もうきうきしていた。

「白井さんって誰ですか？」

「あ、真帆は初めてだね。白井さんは範士《はんし》の資格を持つすごい人で、昔うちの学校で弓道部の顧問もしていたんだ。それで私たちがお願いして、指導に来てもらっている」

「そうなんですね」

正式に入部して一〇日、真帆は真面目に練習に参加し、部員ともすっかり馴染《なじ》んでいる。弓道教室で基礎は習っているので教えやすいし、筋もいい。巻藁《まきわら》練習が中心だが、練習時間の終わり頃には的前《まとまえ》の射《しゃ》も始めている。

「関東大会の予選が四月にあるから、三月はたくさんご指導が受けられるといいな」

「関東大会って？」

「関東地区の高校が競う大会。全国規模のインターハイに比べると小さいけど、関東八都県の精鋭が集められるから、結構大きな大会だよ」

もっともらしく楓は真帆に説明するが、ほんとのところ楓たちは予選に出るのも初めてだ。弓道同好会ができたのは賢人たちが入学してから。まだ一年にも満たない。昨年の予選の時期には同好会はまだ形になっていなかったのだ。

「関東大会の予選が四月、インターハイ予選が六月。それが終わったら、我々三年は部活を引退なんだ」

弓道部に限らず、武蔵野西高ではそれが一般的な部活の在《あ》り方だ。その後三年生は受験勉強に集中する。

「もし予選を突破したら？」

「えっ？」

「そうしたら、本選まで残るんですね」

「それはそうだけど……関東大会は各地域から三校しか出場できないの。東京で弓道のある学校の数を考えるとすごい倍率だよ。たぶん関東圏ではトップだと思う。インターハイはさらに厳しくて、たった一校しか出られない。うちみたいな新参の学校にはハードルが高いよ」

「そうなんですね」

「でも、せっかく出場するからには、頑張ろうと思うけどね。団体は無理でも、個人戦なら善美には可能性があると思うし」

一月下旬の武蔵野地区の大会で善美は絶好調だった。予選から決勝トーナメントの一戦目まで、一一射して全部的中した。個人戦がなかったので入賞はなかったが、もしあれば優勝も夢ではなかっただろう。

「善美さん、上手ですものね。射型もきれいだし」

入部して間もない真帆にもわかるのか、と楓は思う。

ちょうど善美が射場に立って、弓を引くところだった。その姿に見惚《みと》れる。善美は力みなく素直に引いている。何も知らずに善美を見ていたら、弓を引くのは簡単そう、と思うだろう。

あんなふうにどこにも力みがないように引くのは、本当に難しいんだけどな。

「久しぶりです」

白井が屋上に姿を現した。

「白井さん！」

みんな白井の近くに集まる。

「武蔵野地区の大会、頑張りましたね」

「はい。男女とも初めて決勝トーナメントに出ることができました」

「特に善美が。全部的中だったんです」

みんな口々に報告する。

「関東大会のいい前哨戦《ぜんしょうせん》になりましたね。その調子で頑張りましょう」

「はい！」

「ところで、彼女は？」

白井は隅の方にいた真帆に目を留める。

「先月入部した新人の笹原真帆です。少し経験があるので、巻藁だけじゃなく的前でも少し練習しています」

楓が説明すると、真帆はぺこりと頭を下げる。

「指導をお手伝いしている白井です。メンバーが増えるのは嬉しいですね。では、笹原さんから順番に見て行きましょう」

白井と真帆は巻藁の前に行く。楓たちは的前に立って練習を始める。射型を見ながら、アドバイスをしている。楓は少し離れたところで、それを聞いている。今後の真帆の指導の参考になるし、自分自身の射型にも活かされるところがあるかもしれないからだ。

「そう、左右均等に引き分けることを意識して。……それから矢は常に床と水平になるように。そうすれば、弓手《ゆんで》が遅れることはありません」

なるほど、そういう風に説明すればいいのか。心のメモに書き留める。上級生がいないので、下級生の指導は自信がない。だが、もう一ヵ月もすれば新入部員が入ってくるはずなのだ。

「では、誰か、私と交代してください。笹原さんはまだ一人で引かない方がいいから」

「はい、私が見ます」

楓が白井と交代して、真帆の横に着いた。

「もう少し打《う》ち起《お》こし高く。身体と四五度になるくらい」

真帆くらい初心者であれば、悪いところもわかりやすいし、アドバイスも簡単だ。だけど、同じ一年でもカンナくらいになると、基礎はできているし、あまり言えることはない。むしろ自分の方がまだまだアドバイスが必要なレベルなのに、と楓は思う。

白井は部員全員の射を見る。じっくり見て、それぞれにアドバイスを与えている。だが、真帆を入れても七人しかいない部だから、見終わるのも早い。

「善美、代わって」

楓は真帆の指導を善美に頼み、善美の立っていた射場に着く。久しぶりに白井に見てもらえる嬉しさで、弓を持つ手に力が入る。武蔵野地区の大会で決勝トーナメントに出場できたことが、楓の自信にもなっている。打ち起こし、引き分けと、頑張っていいところを見せようと思う。

一射目は黙って楓の動作を見ていたが、白井の表情が厳しい。

何も言われないので、楓は二射目の動作に入る。

弓を両手で上げる動作に入った時、白井に言われる。

「肩が上がってますよ」

楓は肩甲骨《けんこうこつ》に力を入れて、肩を下げようとする。

「いけません。身体に力が入っています」

それを言われると混乱する。普通に両手を上げると一緒に肩も上がる。そうしないためには意識して肩甲骨を下げなければ、と思う。そうすると、どうしても力が入ってしまうのだ。

そのまま大三《だいさん》、つまり引き分ける直前の構えに入る。

「手首にも力が入っていますよ」

それを聞いて、力を抜いた。そのまま引くと、矢は的を大きく外れ、安土《あずち》替わりの畳を越えて、後ろのネットまで飛んで下に落ちた。そんな酷《ひど》い外れ方をしたのは初めてだ。

「すみません」

思わずそう謝る。白井さんの前でこんなみっともない射をするなんて、恥ずかしい。

「いえいえ、私の伝え方がいけなかったですね。少し細かく直しますが、大丈夫ですか？」

「はい。ぜひお願いします」

「では、最初からやりましょう。まず胴造《どうづく》りをして」

そう言われて、楓は弓を左手に、矢を右手に持って、両足を矢くらいの広さに開く。両足先が六〇度の角度になるようにする。

それに、意識は丹田《たんでん》に。

楓はそう自分に言い聞かせる。丹田すなわちおへその後ろ辺り。ここが身体の中心になる。

「そう、いいですよ。さらに首を伸ばして。首を胴体から上に離すようなつもりで。それだけで肩が下がります。同時に呼吸を丹田に落とすようなつもりで」

いわゆる腹式呼吸だ、と思った楓は、お腹を膨《ふく》らますようにして息を吸い込み、口から吐き出す。

「そんなふうにお腹に力を入れて膨らませてはいけません」

「えっ、でも腹式呼吸だったら、どうしてもそうなるのではないですか？」

息を吸う時はお腹を前に突き出し、吐き出す時はお腹を引っ込める。それが腹式呼吸だと楓は思っている。

「腹式という名前がついているから、そう思ってしまいますよね。でも、お腹に肺があるわけではない。なのに、なぜお腹を膨らませるのですか？」

そう問われると、楓は答えられない。考えたことがないからだ。

「肺はあばら骨のある辺りまで。その下の内臓は横隔膜《おうかくまく》で仕切られます。たくさん空気を吸い込むとあばら骨とあばら骨の間が開き、胸側だけでなく背中の方も膨らみます。同時に横隔膜も下に下がります。その結果お腹も自然に膨らみます。お腹に不自然に力を入れると横隔膜が固くなり、かえって空気は入りません」

「横隔膜を下げる？」

「わかりにくいと思うので、息を丹田に落とす、というイメージを持つのがいいと思います。首を上に伸ばすと同時に呼吸を丹田に落とす。丹田に意識を向けることで意識が上がらないようにします」

　言われた通りにして首を伸ばし、肩の力を抜くと、自分でも肩が下がるのがわかる。そのまま丹田に意識を向けてゆっくり呼吸をすると、足全体に意識が通り、しっかり足の裏が地面についている感じになる。

「いい姿勢です。それが正しい胴造りです。この姿勢を残身《ざんしん》まで保つようにします」

　残身というのは引き終わった直後の姿勢のことだ。

　もう二年近く弓を引いているのに、胴造りができているつもりでできていなかったんだな、と楓は思う。

「では、取懸《とりか》けをしてください」

　取懸け、つまり右手に嵌《は》めた弽《ゆがけ》を弦《つる》に掛けて、右手の形を作る動作のことだ。楓が取懸けをすると、白井が注意する。

「右手の中指、もっと深く曲げて」

「こうですか？」

　いままで中指は軽く曲げていただけだ、ここまで深く曲げるとは知らなかった。

「そう。この形の方が離れがよくなります」

　慣れた取懸けの形を変えただけで違和感がある。

「手《て》の内《うち》ももっと軽く。親指と小指を引き寄せる感じで」

「でも、これだと天文筋《てんもんすじ》に付きません」

天文筋つまり掌《てのひら》の真ん中辺りの線を弓の外竹《とだけ》左角に付けるように。手の内の説明では、必ず言われることだ。

「弓構《ゆがま》えの段階では、天文筋に付いていなくてもいいんです。打ち起こしから大三《だいさん》になった時に付けばいいんですから。最初はとにかく軽く持つ、ということだけを意識してください。考え過ぎて手首に力が入らないように」

「わかりました」

言われたように、天文筋を意識せずに軽く持つ。

「そうして上腕《じょうわん》を外ではなく、内側にひねるようなつもりで打ち起こして」

「内側ですか？　そうすると円相の形にならない気がしますが」

弓構えの時には両腕が円相つまり楕円《だえん》の形になるように、と言われる。それで肘《ひじ》を外側に張るようにしていたのだ。

「大丈夫ですよ。ちゃんと円相になっています。それに腕を内側にひねると肩は上がりません。ちょっといいですか？」

白井は楓の肩の上に軽く手を添えた。

「このまま捧げ持つように両手を上げて」

楓は肩を上げないように、おそるおそる腕を上げた。

「もっと上げて」

いつもの打ち起こしよりも少し高い位置になった。

「そのまま大三に」

大三の構えに入る。

「握る力が強すぎる。もっと柔らかく。そうすると天文筋が外竹に付いて、手の内が完成します」

いつもの射より手の中で弓が回ったような感触がある。

「そのまま弓手は的に向ける。馬手《めて》（右手）は肘の角度を変えないように下ろしていく。身体を矢に近づけて」

言われた通りの形になるように、身体を動かす。

「そうです。いい形ですよ。意識は丹田に置いて、ずっと引き続ける……」

数秒ほど耐えた後、矢は放たれた。矢は的の少し下に突き刺さる。

「離れの瞬間、弓手の力が抜けましたね。弓は最後まで押し続ける。力を抜いてはいけません」

「はい」

手の内、つまり弓を持つ手の握り方を変えただけで、かなり感覚が変わる。それに離れの瞬間まで押し続けるとは知らなかった。矢が放たれた瞬間、力を抜いてしまっていたように思う。

「もう一回やってみましょう」

「お願いします」

取懸けと手の内、両方直されたので、ちょっと混乱している。自分の中でしっくりいくようになるまで、少し時間が掛かりそうだ。

二射目は一射目と同じところを注意された。口頭で注意されたことを動作に落とし込むのは、楓には時間が掛かる。ひとりにつき二射見ると次の部員の指導に移るのだが、すぐに隣に移動せずに白井は言う。

「矢口さんは、気を抜くと猫背《ねこぜ》になるクセがありますね」

猫背と言われるとぎくっとする。母にもよく注意されるからだ。

「猫背は美しくないだけではなく、射の時の力の入れ方にも関わってきます。胸筋ではなく背中の方に力が入ってしまう」

弓道の時は気を付けているつもりだけど、やっぱりダメなのか。

もとから姿勢がいい人が結局は得なんだな。私みたいな猫背の人間は最初からハンデがある。

楓ががっかりした気持ちでいると、慰《なぐさ》めるように白井が言う。

「実は昔は私もそうだったんですよ。射の時だけでなく、執弓《とりゆみ》の姿勢や歩く時にもよく注意されていました」

「そうなんですか？　全然見えない」

白井は常に背筋が伸びて、しゃんとしている。七〇歳くらいの年齢なのに、姿勢がいいので若々しく見える。

「どうやって直したんですか？」

「常に胸を張って背筋を伸ばすとか、座る時に骨盤を立てるとか、いろいろやってみました。自分としてよかったと思うのは、肩甲骨を少し内側に寄せて、首の後ろを伸ばす、という意識を持つことでした」

「肩甲骨を寄せて、首の後ろを伸ばす？」

楓が実際にやってみる。

「肩の力は抜いて。肩甲骨は軽く寄せるだけでいいんです」

首を伸ばそうとすると自然と背筋も伸びる。肩甲骨を少し寄せると胸が開く。

「これって、胴造りの時と同じですよね」

「そうです。正しい姿勢というのは正しい胴造りと直結する。だから、日常から姿勢を変えなければなりません。いつも首を伸ばすことと肩甲骨を寄せること。それを意識し続けるだけで、身体は変わります」

猫背だったという白井が言うのだから、説得力がある。頑張れば自分も変われそうだ。

「ありがとうございます」

大事なことを聞いた。今日から実行してみよう、と楓は素直に思った。

「お、おまえらやってるな」

久しぶりに屋上に顧問の田野倉先生が姿を現した。ジャージではなく白衣のままだ。

「お疲れさまです」

田野倉は白井さんに向かって軽くお辞儀《じぎ》をする。白井さんも会釈を返す。

「あ、たのっち。今日は弓を引かないの？」

田野倉先生は時間があると、部員と一緒に弓を引く。高校時代にやったきりだそうだが、みんなにつきあっているうちにどんどん上達している。

「今日はこの後、職員会議だ。その前に確認なんだが、関東大会予選、女子は四人でエントリーするか？」

「えっ、真帆もエントリーさせるってことですか？」

楓が驚いて聞き返す。まだ入部してひと月も経ってない。

「エントリーと言っても、補欠に名前を書くかどうかだけど。三人立ちだし」

「ああ、そういうことですか」

楓は真帆の方をちらっとみる。真帆は期待するようなまなざしで田野倉の方を見ている。

「そうですね。補欠であれば当日控室に入ることもできるし、ずっと観覧席にいるよりいいかもしれません」

「俺もそう思う。試合に出なくても、会場に入って雰囲気を味わうだけでも経験になるからな」

「あ、でも入場するなら弓道着が必要だけど、大丈夫かな」

もし長く続けるつもりがなければ、弓道着を買うのが無駄になる。

「はい。必要なら購入します」

「部を続けるなら、遅かれ早かれ購入するものだからな。じゃあ、それでエントリーシート出しとくわ」

それだけ言うと、田野倉は踵《きびす》を返してその場を立ち去ろうとする。

「えーっ、たのっち、もう帰っちゃうの？」

賢人が引き留めようとする。

「だから、職員会議だって」

「たのっち、顧問なのに全然仕事してない」

「今日は白井さんがいるじゃないか。……それに、俺がいつまでも顧問を続けられるとは限らないぞ」

「えっ、どういうこと？」

「教師には異動もあるし、いつまでも同じ部の顧問をしていられるとは限らない。科学部の方も見てくれって言われてるし」

「そんなこと言っても、四月入ってすぐ関東大会予選があるのに」

「そうだな。いくらなんでも関東大会予選までは続けられるだろう」

田野倉が思わせぶりなことを言う。まるで顧問をやめることが決まっているようだ。

「どういうことですか？」

楓も質問しようとするが。田野倉はわざとらしく腕時計を見た。

「あ、いかん。そろそろ会議が始まる。じゃあ、おまえら、練習頑張れよ」

部員たちに不安の種をまき散らして、田野倉は屋上をあとにした。楓たち部員は釈然としない気持ちを抱えたまま、練習へと戻っていった。

3

田野倉の言っていたことの意味は、四月に入るとすぐわかった。春休みなので朝から練習をしていると、終わり頃に田野倉がやって来た。後ろに見た事のない男性を従えている。

「みんな、頑張ってるな」

「たのっち、久しぶり」

いちばんに返事するのは賢人だ。賢人は意外と田野倉を慕っている。

「今日はいい知らせだぞ。こちら、今年度からうちの高校に赴任した青田《あおた》先生」

「青田修二《しゅうじ》です。担当教科は英語。よろしく」

「よろしくお願いします」

この教師がなぜここに来たんだろう、と思いながら、みんなは「よろしくお願いします」と、頭を下げる。青田はまだ若く、三〇歳前後のように見える。背も高く、顔だちも整っている。クラスの中心にいる女子たちに騒がれそうな、人目を引くタイプだ。傍《そば》に寄るとほかの女子たちにあれこれ言われるから、逆に楓はあまり近寄らないと思う。

「朗報だ。青田先生は大学時代弓道をやっていて、全国大会にも出場経験があるんだ」

「出場しただけで、決勝トーナメントの一回戦で負けてますから、そんなたいしたことないですよ」

青田は照れくさそうに髪をかき上げた。イケメンなので、そういう仕草はきどっているように見える。全国大会に出るだけでも大変なことだ。たぶん本人も自慢なのだろう、と楓は内心思う。

「それで、この人が新しくコーチになってくれるってことですか？」

賢人が怪訝《けげん》そうに尋《たず》ねる。

「いや、俺は今年度は顧問を続けるのが難しいんで、代わりに青田先生にお願いしようと思う」

「ええっ、なんで？　たのっち俺らを見捨てるの？　いまが大事な時なのに」

賢人が大声で言う。声には出さなかったけど、楓も同じ気持ちだ。なんのかんの言っても、田野倉先生は部には欠かせない人物だ。田野倉先生のおおらかな態度が部をいい感じに引っ張ってくれた。面と向かって「たのっち」とあだ名で呼んでも許してくれる先生は少ない。

「見捨てるわけじゃないけど、今年度は俺、進学指導の担当になったんだ。忙しくて部活の指導までは手が回らない」

「いままでだって、ろくに指導なんてしてないじゃないか。楽だから弓道部の顧問引き受けたんだよね。これからも、それで続ければいいじゃん」

カズも同意する。みんなもその通り、というように、うんうん、とうなずく。

「そう言っても、青田先生に指導された方が部のレベルは上がるぞ。俺と違ってちゃんと指導もできるし、全国大会に行きたいっていうみんなの夢にも近づく」

「そうかもしれないけど」

「田野倉先生、関東大会予選はちゃんと僕らにつきあうって言ってたじゃないですか。その約束は守らないんですか？」

声を上げたのはミッチーだった。クールで田野倉を引き留めるようなタイプだと思われてなかったので、みんなは驚いてミッチーを見た。

「教師なら約束を守ってください」

ミッチーに続いて賢人も言う。

「そうだよ、生徒に嘘をついていいんですか？」

「先生いないと、弓道部らしくないよ」

「ここで逃げ出すのは卑怯《ひきょう》です」

みんなの強い引き止めに、田野倉は面食らっているように見える。

「ま、まあ、それなら関東大会が終わるまでは……」

「いえ、やっぱり田野倉先生は顧問で残られた方がいいと思いますよ。生徒たちにこれだけ慕われているんですから。無理に僕が顧問になっても、生徒たちは反発するだけでしょうし。田野倉先生が顧問で、自分がコーチでいいと思いますよ」

青田は動じず、冷静に言う。

「いや、そういう訳にはいくまい。一番責任を持ってみてくれる先生が顧問になるべきだ。青田先生は顧問、俺はコーチ。そういう形なら俺は残ってもいい」

「でも……」

顧問の方が立場は上だ。何か意見が割れることがあったら、青田先生の発言が優先される。

「これ以上は無理だ。俺の仕事量のキャパにも限界があるからな」

「……わかりました」

みんなはしぶしぶ承諾する。

「おまえらが納得できるように、青田先生に腕前を見せてもらおうかな」

「えっ、いまですか？」

青田先生は背広にネクタイ、足元はスリッパだ。

「うん、そっちの方がみんな納得できるだろうから」

田野倉に促《うなが》されて、青田はうなずく。

「ほんとは弓道着に着替えたいのですが、今日は持っていないので、このまま失礼します。でも、上着は脱ぎますね」

青田は背広を脱いだだけでなく、ネクタイを外し、ついでにスリッパと靴下《くつした》も脱いで裸足になった。さらに袖をまくり上げる。

「道具を誰か貸してくれないか？　そうだね。君の身長は僕と同じくらいだから、君のを貸してほしい」

青田が指名したのは背の高い賢人だった。賢人は弓と矢を四本青田に渡し、ついでに嵌めていた鞢も外して青田に貸す。鞢はぴったりとはいかないが、まあまあ手にあったようだ。

「これ、何キロ？」

「一五キロです」

青田が尋ねたのは、弓の強さのことだ。数字が大きいほど引っ張る力が強い。

「そうか、ちょっと俺には弱いかな」

そう言いながら、青田は射場に立った。使わない二本の矢を足元に置くと、胴造りから取懸けをして矢を下の方に向けて構えた。

斜面打ち起こしだ、と楓は気づく。武射《ぶしゃ》系と言われる流派のやり方だ。弓構えの段階で手の内を整え、そのままの形で打ち起こすので、形が崩れにくく、より実戦的だと言われる。楓たちは正面打ち起こし、礼射《れいしゃ》系と言われるやり方だ。高校弓道では後者を採用している学校の方が多い。

それから打ち起こし、引き分けと速い動作で続ける。会《かい》の時間も楓が見ると少し短い気がしたが、ちゃんと的の真ん中に中《あた》った。続いて二射目。これも的中させる。屈《かが》んで足元にある矢を取ると、三射目、四射目と早いペースで中《あ》てていく。

四射皆中《かいちゅう》だ。みんなはパチパチと手を叩く。しかし、青田はそこでやめなかった。

「あと二本あるよね。貸して」

そう言われて賢人は矢立てから残りの二本を持って来ると、青田に渡した。青田は受け取ると、さらに二射して的中させた。ただ中てただけでなく、六本とも同じ角度で、真ん中の方に綺麗に刺さっている。矢に勢いがある証拠だ。

「すごい！」

再びみんな拍手した。準備もなく、いきなりやれと言われて六中させるのは、なかなかできることではない。青田の弓道の実力は確からしい。

「もっと続けますか？　矢取りしてまた続けてもかまいませんよ」

青田は自信ありげに言う。

「もういいだろう。な、おまえら、青田先生の実力がわかっただろう。青田先生について行けば、間違いなくおまえらはもっと強くなれる。俺じゃこれ以上の指導は無理だ」

田野倉は指導というより放任だった。その自由さがよかったたし、だから自分たちでいろいろ考えて行動するきっかけにもなった。それが変わってしまうことに、楓も部員たちも戸惑いがある。

「でも……」

それでも田野倉先生に留まってほしい。だけど、それを説得する理由をみんなは思いつかない。

「いままでみたいに頻繁《ひんぱん》には来れなくなるけど、俺もできる時には顔は出すから。じゃあ、青田先生、何か一言お願いできますか？」

「では、ご挨拶《あいさつ》を」

青田はえへん、と咳払《せきばら》いをして続ける。

「僕は大学では何より弓道に打ち込み、弓道を教えたくて教師になりました。最初赴任した学校には弓道部がなかったので、きみたちが最初の弓道の教え子になります」

青田がみんなを見回す。顔立ちが整っていて目力《めぢから》があるので、なんとなく気圧《けお》されてしまう。

「こちらも部としては今月からスタートだと伺《うかが》っています。いい時期に赴任できたと思っています。一緒に頑張って、全国を目指しましょう！」

全国。

賢人がよく口にしてたけど、全然現実とは思えなかった。だけど、教師である青田が言うと現実味がある。

「僕らでも、全国に行けるんでしょうか？」

「行けるよ。全国優勝するような学校でも、ほとんどの生徒は高校入学してから弓道を始める。スタートは変わらない。後は指導者と練習量次第。ここは幸い専用の弓道場があるし、増やそうと思えば的の数ももっと増やせる。決して不利な状況ではない」

そう言われると、なんとなくみんなの気持ちも浮き立ってくる。

「そうは言っても、雨が降ればここでは練習できないから、結構練習できない時もあるんですよ」

冷静なミッチーがそう反論する。

「それはそうだね。雨対策はなんとかしないといけないな。でも、それを実現するには、まずは関東大会予選で成績を残さないと。なんにしても、強い部は優遇される」

成績を残す。つまり、予選突破ということだろうかと、楓は思う。

そんなこと、本当にできるのだろうか。出場できるギリギリの人数しかいないのに。

「ともあれ、君たちの方も自己紹介をしてくれないか。田野倉先生にざっくりとは聞いているけど、顔と名前が結びつかないから」

そう言われて、端から自己紹介をする。

「高坂賢人、この四月で二年になったところ」

賢人はちょっと拗《す》ねたような顔で、それだけを答える。

「弓歴は？」

「中一の時に地元の弓道会で始めました。現在弐《に》段です」

「なるほど。では隣」

「同じく二年の山田カンナです。一年の六月から弓道を始めました。現在一級です」

「大貫一樹、二年。去年の春から始めて、現在二級」

カズが言うと、青田はじっとカズの身体を見て言う。

「君は体格いいな。中学の時は何かスポーツやっていたの？」

「柔道をやっていました」

「カズは小学校の時、柔道の都大会で優勝したんですよ」

カンナが補足する。

「なるほど。じゃあ、それなりに長く柔道をやっていたんだね。では次」

青田がカズに向かって「なぜ柔道を止めたのか」と聞かなかったことに、楓はなんとなくほっとした。聞かれたら、きっとカズはいい気持ちはしないだろう。

「薄井道隆、三年。副部長をしています。弓道は二年の四月から初めて、この冬初段を取りました。でも、まだまだ的中率は低いです」

「わかった。じゃあ次」

「同じく三年の矢口楓。部長です。一年の時、地元の弓道会で弓道を始めました。この前弐段に昇格しました」

「きみが部長か。よろしく」

青田はにっこり笑って楓を見た。楓は軽く会釈する。

「二年の笹原真帆です。まだ入ったばかりで、巻藁練習を中心にさせてもらっています」

「そうか。じゃあラスト」

「真田善美。三年。弐段」

相変わらず善美は必要なことしか言わない。だが、青田は興味深げに善美を見る。

「君が真田さんか」

たぶん田野倉から善美のことは聞いていたのだろう。武蔵野地区の大会で、一一射連続中てたことも伝わっているのかもしれない。

だが、それ以上青田は聞かなかった。

「顔と名前はわかった。次は練習を見せてくれないか。そうしたら君たちの現在地もわかるから」

青田が言うと、田野倉も続く。

「じゃあ、俺はこれで退散するわ。この後、会議があるので」

田野倉が屋上から去っていくと、みんなは練習を再開する。五的あるので、部員のうち五人が的前で練習する。一人は休憩がてら、新人の真帆の巻藁練習を見る。四射したら、的ひとつ前にずれる。五回二〇射引いたところで、休憩が入る計算になる。

「なるほど、人数的にちょうどいい練習だね、タイムロスもないし」

青田が休憩中の楓に話し掛ける。

「はい。新入生が入部したらどうなるかわかりませんが、いまのところうまくやれていると思います」

「毎日何射くらいしてるの？」

「そうですね。だいたい一周、それより多く回ることもあるから、二〇から多くても三〇射というところでしょうか」

最初と最後に準備運動と整理運動をするし、うまくいかないことがあると隣の部員に声を掛けて、射を見てもらう。矢取りをしたり、途中で全体休憩を入れたりするので、そんな感じだろう。

「うーん、それじゃ少ないな。最低でも五〇射、できれば一〇〇射を目指したいな」

「一〇〇射ですか？」

「朝練はしているの？」

「ええ。朝は有志だけですが」

「朝二〇射、午後三〇射を目標にしたい。土曜は一〇〇射できるだろうし」

そんなこと、できるのだろうか。

楓が何も言えずにいると、青田が言う。

「見ていると、みんな比較的射型は整っている。白井さんという方に見ていただいているおかげだろう。だけど、数をこなすことでしか身に付かないこともある。いまは絶対的にそれが不足している」

確かにそうかもしれない。楓も中学時代はテニス部だったからわかるが、ふつうの体育会系の部活に比べると、この弓道部は緩い。朝練も強制しないし、自己都合で休むこともよくある。体育会のピリッと引き締まるような厳しさはない。

そこがいいところでもあるんだけど。

「全国行こうと思ったら、それが最低限の努力だ」

そうかもしれないけど……。

私たちには部活はあと三ヵ月くらいしかないのに。いきなり全国なんて狙える訳ないじゃん。

なんとなく釈然としなくて、楓は黙った。青田の目は、練習する生徒たちの方に向けられている。その横顔はやる気に満ちていて、楓は逆に戸惑うような気持ちだった。

4

春休みが終わって、新年度が始まった。入学式、始業式、新しいクラス発表と行事が続く。楓は文系の大学を受験する生徒が集まるクラスを希望して五組になった。一年の時同じクラスだった神田《かんだ》汐里《しおり》と同じクラスなので、何かと心強い。善美とミッチーは理系クラスなので、今年は別々だった。

「いよいよ三年、受験の年だね。楓も、部活はいつまでやるの？」

すぐにも辞めたら、という調子で母が聞いてくる。

「四月には関東大会予選があるし、六月にはインターハイ予選がある。それまでは辞めない。本選に進めたら、さらに八月まで延長になるけど」

「本選はさすがに無理でしょ。できたばっかりの部だし」

「そんなのわからない。奇跡が起きるかもしれない」

「ほんと、奇跡でも起きないと無理ね」

自分でもわかっていることだが、親に言われるとなんとなくムカつく。

「わからないよ。善美はこの前の大会で一一射皆中だし。私もカンナも上り調子だし」

「まあ、それに期待して頑張ることね。だけど、ちゃんと受験勉強もやるのよ。あなた、受験生なんだから」

「言われなくっても、わかってるって」

「インターハイ予選が終わったら、受験勉強に専念するのよ」

ほんとに、親はどうしてわかりきった事を言うのだろう。毎日教室でも受験の話が出るし、受験生であることを忘れるはずがない。西北《せいほく》大の推薦《すいせん》を受けたいから、定期テストだって頑張っているし、授業も休まず、真面目な態度で通している。

だけど、受験だけでこの一年を終わらせたくはない。

あとで、部活をもっと頑張ればよかった、とは思いたくない。高校弓道部でいられる時間は、あとわずかなのだから。

始業式で初めて青田修二が教師として正式に紹介された。しかし、春休みの間から彼は部活に顔を出し、練習を見てアドバイスをしていた。関東大会の前でもあるので、みんなも一生懸命練習をしている。青田に強制されなくても、朝晩弓道場で練習している。一日コンスタントに五〇射引けるようになった。そのおかげで確かにみんな的中率は上がっている。いままで中りのほとんどなかったミッチーも、二割くらいの的中率になっている。

青田先生は、新入部員の真帆を特に気に掛けている。真帆の隣にいて、一射ごとにアドバイスしている。的前に立たせる時間も増えた。そのおかげで、最初は地面を擦《こす》っていた矢が、ちゃんと安土まで届くようになった。入部して一ヵ月ほどだが、確実に進歩している。

「なんで真帆ばかり熱心に見ているのかな。私ももっと見てほしいのに」

同じ二年生のカンナがうらやましそうに言う。

「そりゃ、カンナに追いつかせるためだよ。いまは開きがあり過ぎるだろ？　三年が引退した後のことを考えると、真帆が成長してくれないと困るじゃないか」

ミッチーの言葉に、カンナは「そうかな」と不満げに唇《くちびる》を尖《とが》らす。

だが、ほかのみんなから不満の声が上がらないのは、青田がほかの部員の様子もちゃんと見ているからだ。

「賢人は馬手が大三で引かれすぎ。その分引く距離が長くなるから、馬手が遅れている」

「カンナ、最後まで引き切って。途中で力を緩めない」

離れた場所にいてもちゃんと見ていて、即座にアドバイスの声を上げる。その素早さ、的確さにはみんな舌を巻く。

「青田先生、いくつ目があるんだろうな」

「ほんと、いきなり注意が飛んで来るから、気が抜けないわ」

「たのっちはいい奴だったけど、アドバイスは全然してくれなかったな」

カズが言うと、賢人が感情的な口調で言う。

「してくれなかったって、まるでいなくなった人みたいじゃないか。ちゃんとコーチとして残っているんだぜ」

「全然コーチしてくれないコーチだけどね」

カンナがそうまぜっかえしたので、小さく笑いが起こって、場が和《なご》んだ。

だが、青田も善美に対しては何も言わない。射型はきれいだし、よく中っているので、アドバイスも不要なのだろう。

「善美はいまのままでいい。関東大会予選もこのままの調子でいけば、いいところにいけるだろう」

と、手放しで褒める。楓は少しうらやましい。

「ところで、関東大会予選のエントリーシートを提出するが、ちょっと変えたいことがある」

ある日の練習の後、青田先生はそう切り出した。

「男子の立ち順はいまのままでいいが、女子の方、大前《おおまえ》と落《お》ちを入れ替えたい」

大前は先頭、落ちは最後の射手のことだ。

「ということは、私が落ちということですか？」

楓はびっくりして聞き返す。いままでの試合はエースである善美が落ち、つまり三番目。次に上手い楓が人前で二年生のカンナを挟《はさ》むというやり方をしていたのだ。

「そうだ」

「どうしてですか？　善美の方が上手いのに」

落ちは通常、いちばん上手い選手が務める。頼りになる選手が落ちにいる方がチームとしては安心なのだ。

「ひとつには、善美の射の方が楓よりペースが一定だ。だから、チームとしてリズムが作りやすい。それに、中のカンナは前の選手のペースに影響されやすい。的中率の高い善美を置いた方が調子の波に乗りやすい」

「でも、私が落ちというのはちょっと……」

「自信がないか？」

「ええ、まあ」

「楓の悪いところは、考え過ぎるということ。それで射のリズムもその時々で変わる。それでは後ろに立つ人間にはやりにくい。それに、実は大前だろうと落ちだろうと三人しかいないのだから、勝敗への影響は同じだ。全員の中りの数が勝敗を決める。落ちだからと勝手にプレッシャーを感じる必要はない」

「それは、理屈ではそうですけど」

競射の時、あと一射で勝敗が決まるというような状況では、確実に落ちにプレッシャーが掛かると思う。

「どこに立とうと、みんなが確実に自分の射をすれば勝てる。逆にひとりでも不調なら勝てないし、ひとりだけ頑張っても勝てない。弓道の団体戦とはそういうものだ」

「はい……」

「明日から的をもう一つ出そう。そうすれば六的になるから、男子三的、女子二的で練習できる。立ち順通りに三人立って、試合の間合いで練習するんだ。そうすれば自然に自分たちのリズムが身に着くだろう」

屋上の弓道場なので、左右の幅は広い。人数が少ないから五的しか出してないが、あと一的くらいは余裕で増やせる。

「わかりました」

青田の言葉に、楓は圧倒される想いだった。いままではとにかく自分たちの的中率を上げることだけ考えて練習していた。だが、青田は短期間で自分たちの癖を見抜き、試合に勝つための合理的な練習方法を提示している。

ちゃんと部活の弓道って感じがするな。

だが、その事実に胸がちくんとする想いもある。自分たちで部員を集めて、自分たちで練習方法を考え、手探りでやってきたことが変わっていく。みんなで過去に弓道部が休部になった原因を探したり、神社にお参りに行ったり、勝負には関係ない、そんなささやかな日常が楽しかったのに。

これで強くなれたとしても、後から思い出すのは、きっとそういうとりとめのないことだろうな。

ふいに風が強くなった。春の突風だ。埃《ほこり》が目に入って楓は目をしばたたかせた。目をこすりながら、楓はちょっと泣きたい気持ちになった。

「真帆も、そろそろ弓道着を買った方がいい」

青田は話を続けた。

「えっ、いいんですか？」

「エントリーシートに補欠として名前を入れてある。試合にも同行してもらうから、ジャージではまずい」

「ありがとうございます」

真帆は嬉しそうだ。弓道着は水泳の水着と同じ。新人でもなるべく弓道着に着替えて練習しなさい、とは昔弓道会の前田《まえだ》さんに言われたっけ、と楓は思う。弓道着姿はカッコいいし、真帆もそれにあこがれたのかもしれない。

「じゃあ、今度の日曜日、弓具店に買いに行く？　私も一緒に行くよ」

カンナが言う。同じ二年女子として、親しくなりたいのだろう、と楓は思った。

「いいんですか？」

「じゃあ、俺も行く。ついでに、東京ドームシティで遊んで帰ろう」

賢人も言う。行きつけの弓具店の最寄駅は、東京ドームシティのある水道橋《すいどうばし》駅の隣の飯田橋にあるのだ。

「だったら、俺も行くわ。真帆の歓迎会だね」

カズも同調する。二年生は全員参加になる。

いいことだ。私たちが引退した後は、彼らが中心になって部を支えることになるから、結束を高めておくにこしたことはない。

「いいんですか？　ほんとに？」

真帆は嬉しそうだ。まだ遠慮して部に溶け込めていないので、みんなと親しくなるいいチャンスだ。

「先輩たちも行きませんか？　楓先輩、新しい弦が欲しいと言ってませんでしたっけ？」

カンナが三年生を誘う。いままでは何かあると、学年関係なく一緒に行動していたのだ。カンナは当然みんなで行くと思ったのだろう。

「ごめん、日曜日は塾のテストがあるから、行けないよ」

楓が言うと、ミッチーも続く。

「僕もパス。日曜日くらいはちゃんと家で勉強しないと。これでも受験生だし」

ミッチーは国立大の上位校を狙っている。ほんとはもう部活どころじゃないのかもしれない。善美も黙ってうなずく。

「それなら仕方ないですね。じゃあ、弦は私が買って来ましょうか？」

「そうしてくれるとありがたい。明日代金持って来るよ」

楓は微笑《ほほえ》んだ。いままでは勉強を口実に部活を我慢したことはなかった。でも、これからはそういうことが増えるんだろうな、とちょっと寂《さび》しい気持ちになった。

5

「うわ、明治神宮《めいじじんぐう》の中って森みたいですね」

真帆は感嘆したように声を上げる。今日は関東大会予選の日だ。一歩敷地の中に入ると、鬱蒼《うっそう》とした樹々が生い茂っている。自分も最初にここに来た時は、まるで森みたいだ、と感動したっけ、と楓は思う。車の行き来する音が樹木の作る厚い壁の向こうから聞こえてくるが、それがなければ東京のど真ん中とは到底思えないだろう。

「そう。こういう場所で弓を引けるっていうだけでも、素敵なことよね」

楓が言うと、真帆は嬉しそうに答える。

「ほんとに。テンション上がりますね」

真新しい弓道着を着た真帆はいつもより饒舌《じょうぜつ》だ。補欠だから試合の重圧もない。見学者と同じ気分なのだろう。

神宮の敷地に入ってしばらく歩くと、小さな川があり、その先に芝生《しばふ》を敷き詰めただけの広い空き地も見えてくる。まるで公園のようだ。シートを広げてくつろいでいるカップルや家族連れがいる。そこを通り過ぎれば弓道場だ。

「わあ、こんな広い原っぱも。ここでピクニックすると楽しそうですね」

「そんなこと、考えもしなかった」

カンナが憂鬱《ゆううつ》そうに言う。

「カンナさん、緊張しているんですか？」

「もちろんよ。たった四射ですべてが決まってしまうんだもの」

「大丈夫ですよ、きっと。先輩たちなら一次予選で終わるってことはないと思います。きっと決勝まで行けますよ」

根拠のない激励をして、真帆は屈託ない笑みを浮かべる。

「二次予選と決勝は二週間後なんだよね。間が空くのは嫌だな。今日で全部が終わればいいのに」

参加校が多いので、今日一日掛けて女子の一次予選を行い、来週の日曜日に男子の一次予選がある。男女合わせての二次予選は二週間後。決勝もその日に行われる。

「いいじゃないですか。その分、練習もたくさんできるし」

真帆は直接関係ないので、無責任なことを言う。

試合に関係ないと気楽でいいなあ。

楓は初めて試合に出た時のことを思い出す。何もわからず会場に来て、あっと言う間に四射して終わった。会場の雰囲気に呑まれてしまい、一中《いっちゅう》もできなかった。盛り上がりもなく、試合をしたという充実感もなかった。

あの時に比べれば上達しているし、落ち着いてできると思う。

何より練習量が違う。

ここ最近は、朝晩ちゃんと練習をしている。射数も毎日最低でも五〇射は引いている。その分、的中率も上がっている。三人のリズムもできている。少なくとも一次予選であっさり敗退するとは思わない。

それでも緊張はする。試合では何が起こるかわからないからだ。

それにまた二週間後にテンション上げなきゃいけないというのは、ちょっと億劫《おっくう》だ。

「朝いちばんは嫌だね。もう少し後の時間だとよかったんだけど」

午後遅い時間なら、朝学校で練習してから試合会場に行くこともできる。今回は立ち順が四番目、いちばん最初のグループだ。招集は九時一〇分。それまでに巻藁練習だけでもしておきたいから、入館可能な八時半を目指している。

弓道場の正門前に着いたのは開場の二〇分前だったが、既に弓を持った弓道着姿の女子が二〇人ほど列になっていた。その最後尾に四人は並ぶ。すると、それまで黙っていた善美が大きなあくびをした。

「善美、眠いの？」

「昨日塾のプリントをやっていたら、一時過ぎまで掛かった」

善美の通う塾はスパルタで有名な個人塾だ。進学実績も高いが、宿題も多く出るらしい。

「大変だね。大丈夫？」

「低血圧だから朝は少し弱い」

そう言いながらまたあくびをする。

「しっかりしてくださいね。善美さんはうちの絶対的エースなんだから」

カンナが冗談めかした口調で言うが、目は笑っていない。実際善美が得点源なのは間違いない。善美の出来が武蔵野西校女子の成績を左右するだろう。

「私ひとり頑張っても仕方ない。全員の中りの数で勝敗は決まる」

善美は以前青田先生が言っていたことを繰り返した。

善美は青田先生のことが、案外気に入っているのかな、と楓は思う。

「ねえ、待ってる間にストレッチしませんか。真帆に荷物を預けて」

ふいにカンナが言い出した。

「いま、ここで？」

人がたくさんいるところで、自分たちだけストレッチするのはちょっと恥ずかしい。

「ぼーっと立っていても仕方ないじゃないですか。少しでも身体動かした方がいいと思いますよ」

「確かにそうね。じゃあ、肩だけでもほぐしておくかな」

立ち順がわかった時、青田先生に言われたのだ。

『朝は身体が固い。起きたらすぐにストレッチをしておけ。会場に着いてからも空き時間はあるから、暇をみてやること。特に肩甲骨まわりはほぐしておくように』

そう言って、いくつかストレッチのやり方を教えてくれた。それを朝やろうとしたが、時間がなかったので、結局ほとんどできていない。

楓たち三人は真帆に荷物を預けると、それぞれ少し間を取り、思い思いにストレッチを始めた。行列の中で悪目立ちしないように、楓はまず動きの小さな首の運動からやってみた。首を左右に傾けると、ゴリッとかボキッとか小さく体内で音がする。身体が固くなっているのがわかる。

去年は準備運動なんかやる時間はなかったな。メンバー表を忘れて焦《あせ》っていたし、そもそもストレッチをやろうと思いつきもしなかった。たのっちにも言われなかった。

手首を交差して前に伸ばし、腕全体を前にゆっくりと伸ばす。

腕全体が伸び、肩甲骨が開く。

気持ちいいなあ。筋肉が伸びているってわかる。

右肘を頭の後ろまで上げ、左手で引っ張る。背中に血液が流れるのを感じる。

『朝の身体は固い。筋肉が目覚めていないからだ。朝練と午後の練習じゃ、的中率も違う。だから試合前にストレッチで筋肉を起こしておくんだ』

青田先生の言う通りだ。固いままでは弓も上手く引けない。やっぱり試合に関しては青田先生の方が頼りになる。

それから手首、背中、肩甲骨とストレッチしていると、ふいに真帆の声が響く。

「先輩、動き出しましたよ」

開場したので、列が前に移動し始めたのだ。楓たちはストレッチをやめ、真帆から荷物を受け取って列に並んだ。

あと少しで試合だ。

緊張してきそうな身体を押さえるため、楓は大きく息を吸って吐き出した。


二階の控室に荷物を置くと、すぐに巻藁での練習時間だ。ここには試合で一回、昇段審査でも二回来ているので、場所に馴染みがある。階段を上がったところにある巻藁の練習場に並ぶ。並ぶ間も肩を上げ下げしたり、肩甲骨を回したりしてストレッチをする。集合までほとんど時間がないので、巻藁を一回か二回やったら、すぐに呼び出しが掛かるだろう。

巻藁を二回やると、控室に戻り、試合で使う矢を取り出す。

「じゃあ、行ってくるね」

「頑張ってください。私も観覧席で見ています」

真帆に見送られて、三人は弓と弦巻《つるまき》も持って階下に降りて行く。玄関のところに無《ぶ》精《しょう》ひげで髪もぼさぼさな男性が、人待ち顔で立っている。田野倉だ。

「田野倉先生！」

「たのっち！」

三人は玄関まで走って行く。ここのところ田野倉はまったく練習を見に来ないので、顔を合わせるのは久しぶりだ。

「応援に来て下さったんですか？」

「来られないかと思っていた」

「まあな。忙しいなか、この俺がわざわざ来てやったんだから、ちょっとはいいところ、見せてくれよ」

相変わらず軽口を叩いているが、田野倉の顔を見ると楓はほっとする。緊張が少しほぐれる気がする。田野倉は玄関から中に入ろうとはしない。

「田野倉先生、来て下さったんですね」

青田が現れた。出場校の顧問は運営の係を分担しているが、自分の生徒が出場する時間はほかの人に係を替わってもらって、生徒たちに付き添うことができる。

「一応コーチだし、さすがに生徒たちの様子が気になりましたから」

「ありがとうございます。田野倉先生が見ていて下さると、みんなも安心だと思います。なあ？」

「はいっ！」

「じゃあ、俺は観覧席にいるから」

「観覧席には真帆も行きますから、声掛けてあげてください」

楓が言うと、わかった、というように田野倉はうなずいた。

「ふたりで観てるから、頑張れよ」

そう言い残して、田野倉は玄関を出て行った。

「じゃあ、そろそろ出番だ。ストレッチはちゃんとやったか？」

青田がみんなに確認する。

「はい」

「指先も固まらないように、出番を待つ間ほぐしておいて。座っていても、それくらいなら目立たないから。あと、足の指先や足首もね」

「わかりました」

「君たちなら普段通りやれば、今日は大丈夫。緊張しそうなら深く深呼吸をして、いつも通りを心掛ける。余計なことを考えず、目の前の一射を丁寧《ていねい》に引くことだけ考えて」

「はい！」

「立ち順一番から五番までの学校の選手は、第二控えにお集まり下さい」

集合を告げるアナウンスが響く。

「集合だ。落ち着いて行こう」

青田の声に背中を押されるように、三人は第二控えへと歩いて行った。

出番が来て入場すると、パイプ椅子に座った。緑の芝生の先に的が並んでいるのが見える。各校選手は三人で一回につき五校だから、一五的掲げられている。

いつもより的が遠く見えるな。

試合会場に来るたびにそれを思う。物理的にはどこでも的は二八メートル先。それは地元の弓道会でも、学校の屋上弓道場でも同じはずだ。だけど、なぜか試合会場の的は遠く見える。

安土の幅が横に広いからそう感じるのだろうか。それとも心理的に試合の的が遠く感じるのだろうか。

楓は大きく息を吸い、吐き出しながら思う。

それでも、ちゃんと的は見えているんだ。きっと大丈夫。

「ただいまより関東大会東京予選、女子一次予選を開始します」

係の人が告げて、選手は射位《しゃい》に着く。今日は立射《りっしゃ》だ。

去年は自分が大前だった。いまは落ち。並ぶとカンナの背が見える。後ろから見ると、緊張しているのか、肩に力が入っているようだ。

頑張れ、と内心想いながら取懸けをして、前ふたりの射が終わるのを待つ。

カンナの背中越しに善美の弓が上がるのが見える。次の瞬間弦音《つるね》、しかし的中音はしない。

善美が一射目を外した？

一射目から外すというのは、善美にはあまりないことだ。それに動揺したのか、続くカンナが外した。同様に楓も外してしまう。

しまった。最初の一巡はゼロ？

そう思った楓の耳に、ほかの射場の音が聞こえる。サクッという安土にめり込むような音が二回続く。快い的中音ではない。

大丈夫。みんな最初から調子が出るわけじゃない。

続いて二巡目。

善美が的中させると、カンナも的中させた。楓もそれに続く。

ゼロの後は三中。ひやひやする。

それで波に乗れたのか、善美は残り二射も的中させ、カンナも楓もそれぞれ一射ずつ的中させた。

終わった後はすみやかに退場。

七中できたんだから、上出来だ。

ほっとして楓は射場をあとにする。控えの場所まで戻ると、後ろにいた青田先生がみんなを集める。

「最初はどうなるかと思ったけど、二巡目でよく持ち直したね。終わるまで結果は出ないけど、七中ならおそらく二次予選に行けると思う。当落の分かれ目は六中くらいだろうから」

「よかったー。ほっとしました」

「まあ、ここまでは想定内。みんな頑張っていたからね。次の二次まで二週間、また明日から頑張ろう。ああ、一応言っておくと、善美は個人戦でも決勝進出が決まった」

「どういうことですか？」

まだ一巡目だし、団体戦の最中だ。なぜ個人戦の決勝の話になるのだろう。

「時間の有効活用で、団体一次予選が個人の予選も兼ねている。一次予選で三中した者は、自動的に個人戦決勝に進めることになっているんだよ」

「わ、すごい！」

「おめでとうございます」

みんなに言われても、善美は事情が呑み込めないという顔をしている。

「個人戦の決勝はいつやるんですか？」

善美が問う。

「これも、団体二次予選が個人戦決勝を兼ねている」

「というと？」

「団体の一次予選と二次予選の的中数で、個人戦の順位が決まるんだ」

「じゃあ、もし団体で二次予選に残れなかったら？」

ひとりが三中したからと言って、一次予選を通過できるとは限らない。他の選手が振るわなかったら、予選落ちすることもありえる。

「二次予選と同じ日に、そういう選手だけ集めて競わせる。四射して、一次予選の的中数との合計数を数える」

「それで決まるんですか？　八射だけなら的中数が同じ人も結構いそうな気がする」

善美ではなく楓が尋ねる。

「そういう場合は、順位決定戦を行う。同じ的中数の者が集められ、競射《きょうしゃ》を行うんだ」

「わあ、それはプレッシャーですね」

カンナが言う。競射は一度経験があるが、予選の時以上に一射に重みが掛かる。

「でもまあ、個人戦のことは考えず、団体戦で結果を出すことに集中した方がいいだろうね。あれもこれもと欲張ると、かえって萎縮するから」

青田に言われて、善美はこくりとうなずく。こんな時でも無表情は変わらない。

私ならきっと舞い上がっちゃうんだけどな。

「じゃあ、もう帰ってもいいですか？」

「もちろん。気を付けて帰るように。寄り道はしないで」

「はい。弓を持ってうろうろしたくありませんから、まっすぐ帰ります」

カンナが三人を代表して答えた。

控室に戻って、弓を片付けたり、矢を矢筒にしまっていると、観覧席から真帆が戻って来た。

「おめでとうございます」

真帆が大きな声で言うので、楓は口元に人差し指を当てて、静かに、という動作をした。

「まだ決まったわけじゃないし、そうじゃない学校もいるのだから」

少し離れた場所で、同じ立ちだった学校の生徒がいる。成績が振るわなかったらしく、暗い顔をしている。

「すみません」

真帆が小声で言って首を竦《すく》めた。

「さあ、支度《したく》して帰ろうか。ところで、たのっちは？」

「先輩たちの出番が終わると、すぐに帰りました。何か、急に学校に行かなきゃいけなくなったって」

「そうなんだ。大変なんだね」

忙しくなると言っていたのは、本当だったんだ。

これからはあんまり会えなくなるのかも。

「ちょっと早いけど、一次予選突破おめでとうって伝えてくれと言ってました。再来週は、来れたら来るそうです」

「それってつまり、再来週は来れないってこと？」

カンナが不満そうに言う。来れたら来るは、行かないと同義語だ。大人はわからないが、自分たち高校生にとってはそう。行かないと言う言葉の婉曲《えんきょく》な言い回しだ。

「さあ、たのっちのことだから、社交辞令じゃなくほんとにそう思っているんじゃない？」

楓が言うと、カンナはなるほど、とうなずく。

「たのっちなら、行かない時は行かないって言いますよね、きっと。だったら、来てくれるかもしれない」

「そうだね。来てくれると嬉しいね」

善美もうんうん、というようにうなずいた。

あんまり役に立たないとか、いい加減とか言いながら、みんな田野倉先生がいないのが寂しいんだな。

「じゃあ、帰ろうか」

楓はリュックを背負った。行きよりも重みが軽く感じられる。

二次予選の後も、明るい気持ちでいられるといいな、と思いながら、楓は弓道場をあとにした。

6

すぐにも試合の続きがあるといいのだが、間に男子の予選もあり、続きは二週間後だ。その間練習に集中したいが、四月なのでそうも言っていられない。週明けの放課後には、新入部員が入って来た。今年は体育館で開催された新入生対象の部活紹介にも参加できたので、弓道部の存在を知ってもらうことができた。体育館に巻藁の的を持ち込んで行ったデモンストレーションは、なかなか評判がよかった。終わった後、大きな拍手が起こった。「素敵」「カッコいい」という声も漏《も》れていた。なので、新入部員も入ってくれるだろう、と思っていたが、その通りだった。

「こんにちは。私が部長の矢口楓です」

緊張した面持ちの一年生たちが頭を下げた。男子五名、女子八名、合計一三名。ちょうどいいくらいの数だ。ざっと見回した感じでは、皆真面目そうで少しおとなしそうだ。いわゆる体育会系というより、文化部のような印象の子が多い。特に男子の方は。

「弓道部は今年から正式に部に昇格したばかりで、いままで男子三人、女子四人の部員しかおりませんでした。小さい部なりに仲良く、助け合ってきました。今年これだけの方が入部してくださるのはとても嬉しいです。これから一緒に頑張りましょう。よろしくお願いします」

楓が言うと、新入生たちも「よろしくお願いします」と声を合わせた。

「では、二年生三年生を紹介しますね」

そうして現部員の自己紹介が終わると、一年生に自己紹介をさせた。クラスと名前、志望動機を発表させる。

「弓道に興味があったから」「デモンストレーションがよかったから」という無難なものから、「袴《はかま》を自分も着てみたい」とか「弓道アニメが好きなので」という軽い理由もある。「運動部に入りたかったけど自信がなかった。弓道部ならなんとかなりそうと思った」という正直な答えもあった。

「みんないろいろですね。動機はなんでもいいんです。弓道に興味を持ち、やってみようと思ったことが大事なので。せっかくここに集まってくれたのだから、いずれ正式に弓道部員になって、長く続けてください」

楓がそう言ったのは、まだ彼らが仮入部だからだ。二週間様子を見て、気に入ったら正式入部をする。それまではお客さんのようなものだ。

「質問はありますか？」

「練習は毎日ですか？」

「私たちは毎日朝晩練習しています。土曜日にも練習しています。でも、的前で練習できるようになるまでは、午後の練習だけで大丈夫です。土曜日もお休みです」

的前は普通に射場から射の練習をすることだ。そこに立つまでは素引《すび》きをしたり、ゴム弓をしたり、巻藁で練習する。

朝練と土曜休みについては事前に話し合って、部員で決めた。人数が少ないので、全員で一年生の面倒をみなければならない。特に最初の頃はかかりっきりになるだろう。だが試合もあるので自分たちも練習したい。だから、朝練と土曜日は自分たちだけの練習日にしたのだ。

「的の前で練習できるようになるのはいつですか？」

「夏休みからです」

楓が言うと、少しざわついた。夏まで弓道らしいことができないというのが不満らしい。

「弓道は普段使わない筋肉を使います。それにちゃんと引けないと怪我《けが》に繋がります。なので、夏休み前までに正しい動作を覚え、弓道に必要な筋肉を鍛《きた》えるようにします。だいたいの高校は同じようなシステムだと思います。的の前で練習するのは先になりますが、巻藁の的での練習は、来週から始めます」

「弓道着はいつから着られるんでしょう？」

楓のすぐ前に立っていた女子が尋ねた。

「まだ仮入部だし、的前に立てるようになってからでもいいけど……」

楓が言うと「えーっ、そんな先」と声が上がった。袴を着てみたくて入部した、という女子だ。

「それでは遅すぎるかな？　じゃあ、五月の中間試験が終わった頃に、みんなで弓具店に買いに行きましょう」

わー、と嬉しそうな声が上がった。カンナと目が合うと「それでいい」というようにうなずいた。

そういえば、カンナも最初から道具を揃えていたっけ。自分も弓道着を最初に着た時にはテンション上がったなあ。

一ヵ月もすれば、部に定着する子がはっきりするだろう。弓道着が続けるモチベーションになるなら、それでいい。

「ほかに質問がないなら、準備運動を始めましょう」

いつものように輪になって、腕を伸ばしたり、肩甲骨を動かしたりする。一〇分ほどストレッチすると、二、三年生は的前に立ち、練習を始める。それをしばらく一年生に見せた後、楓とカズで一年生の指導をする。男女でペアを組み、一時間担当したら他と交替するのだ。

「まずは弓道のマナーについて説明しますね。弓道場と言ってもここは屋上ですから、仮の施設です。練習前に、屋内にある畳を出し、部室に置いてある的を持って来て設置します。帰りにはそれを元の場所に片付ける。雨が降ると困るので、出しっぱなしにはしないように。それから、誰かが射位にいる時は、あの白線から向こうに行ってはいけません。弓は人を殺すこともできる武器ですから、ふざけて人に向けたりしては絶対にいけません」

注意事項については、青田先生が事前に書き出してコピーしたものを渡してくれた。一年生の練習計画も立ててくれている。ありがたいが、いままで自分たちで全部やってきたので「それでいいのかな？」と、思ったりもする。ミッチーにその話をすると、

「普通なら先輩が教えてくれたことを受け継ぐんだけど、僕たちにはそれができないから、代わりに先生が教えてくれるってことじゃない？　ありがたいことだよ」

と、言われて、それもそうだ、と納得した。

その後、善美と賢人が代表して見本の射を見せる。

「まず弓構え。この時、正しい姿勢でできているかどうかが、射全体に関わってきま

す」

楓がふたりを見ながら、簡単に解説する。新入部員たちは興味深そうにふたりを見ている。

矢が放たれると、善美は快音を立てて真ん中に的中させた。賢人は三時の方向にわずかにずれる。観客が拍手をする。

二射目はふたりとも的中させた。

さらに拍手が大きくなった。

賢人は少し照れたような顔になる。善美は変わらない。

ふたりが退場すると、楓は新入生たちに解説を始める。

「弓道はまず射法八節《しゃほうはっせつ》が基本になります。ちゃんと弓が引けるようになるためには、この射法八節を正しく身に着けることが大事です」

そうして新入生に射法八節を分解して説明する。神妙な顔をして、みんな聞いている。

「明日から少しずつ練習していきましょう。何度も練習して考えなくても身体が動くようにするのが大事ですから」

それから、カズが部室から持って来た段ボールを足元に置いた。中には諜が置かれている。部室に置きっぱなしの段ボールの中にあった鞢だ。かつての弓道部が常備していたものらしい。

「これは鞢といいます。略してカケと呼ぶこともあります。この中から自分に合いそうなものを選んでください。こうやって手に挿して、親指人差し指中指の先を確認して。きついのもダメだし、逆に隙間《すきま》があり過ぎるのもダメ」

新入生たちはわっと歓声を上げて、段ボールを取り巻き、中を覗《のぞ》き込んだ。古い鞢が二〇ほど入っている。

「前にいる人から順番に選んでね。選び終わった人は、後ろの人と交代して。鞢にはそれぞれ番号が書いてありますから、それを覚えて、いつも同じ鞢を使うようにしてください」

「あの、先輩方のカケも学校のものなんですか？」

新入生のひとりが尋ねる。

「いや、みんな自分のを持っている。あ、真帆だけは学校のを使っているけど。いずれみんな自分のが欲しくなると思うけど、買うのはまだ先でいいよ。値段も高いので、無理はしないで」

新入生たちは目を輝かせて鞢を手に取っている。古びて、汚れも目立つものばかりだが、嬉しそうだ。革細工の弓道専用のものなので、ほかではお目に掛かれないのだ。

私も、初めて氍を持った時には、感激したな。弓道っぽいって。

自分が弓道に出会った時のことを思い出す。

高校にあがる春休み、たまたま行った神社の裏手で弓道の練習をしていた。その時高校三年の真田乙矢《いつや》に声を掛けられたのだ。「やってみないか」と。それが始まりだった。

最初は春休みの暇つぶしのつもりだったのに、いつの間にか弓道は自分の生活に欠かせないものになっている。

こんなにも弓道を好きになるなんて、あの頃は思いもしなかった。

「みんな自分のカケを選んだ？　じゃあ、着け方を教えるね」

カズの説明をみんな神妙な顔で聞いている。

「じゃあ、自分のでやってごらん」

そうして氍の着け方を教えたところで、交替の時間になった。次の指導者はカンナと賢人だ。解放された楓たちは、的前の練習を始める。一年の指導も大事だが、男子はこの週末に予選があり、女子は来週二次予選だ。運が良ければ決勝トーナメントにも出られるかもしれない。

「みんな、やってるね」

青田が屋上に姿を現した。

「今日から一年生が入部しました。いまのところ一三名です」

「よろしく。顧問の青田です」

「もうひとり、地学の田野倉先生もコーチとしています。滅多に練習には来ないのですが、そのうち顔を出したら紹介しますね」

楓が補足する。

「皆一年生か。この中で経験者は？」

誰も手を上げない。

「きみはスポーツやっていたみたいだね？　名前は？」

青田は一番端にいた女子生徒に声を掛けた。小柄だが肩幅が広く、体つきががっちりしている。肌の色も浅黒い。

「一年二組間島葵《まじまあおい》です。幼稚園から中学までは水泳をやっていました」

「じゃあ、水泳部に入った方がよかったんじゃない？」

「水泳は中学まで精一杯やったので、もう満足です。高校では全然違うスポーツをやろうと思っていました」

「なぜ弓道を？」

「個人競技がいいと思ってたし、全然知らない種目だから、面白そうだと思って。それに弓道なら高校から始める人が多いから、スタートもみんな平等だし」

最初に聞いた時には「弓道に興味があるから」と言っていた子だ。ふわっとした動機だと思ったが、彼女なりに理由があったのだ。

「なるほど。じゃあ、はかに運動部経験者は？」

三人ほど手を上げた。

「名前とそれぞれ運動経験を言って」

「鈴木美菜《すずきみな》です。中学時代はバスケ部にいました」

「バスケ部では活躍していた？」

青田がさらに尋ねる。

「そうでもないです。うちのバスケ部は緩くて、試合で頑張るよりみんなで仲良くがモットーでしたし」

「中島漣《なかじまれん》です。小学校の時、剣道を二年やっていました」

「桂陽菜《かつらひな》です。部活じゃなくて、バレエをやってました」

陽菜は細身で髪もうなじのところでお団子にしている。睫毛《まつげ》が長く、夢見るようなまなざしをしている。バレエをやっていた、と言われるとなるほど、と思う。

小学校時代には、バレエをやってる同級生はクラスにひとりかふたりは必ずいた。でも、中学に上がる前に大抵やめてしまう。この子もそうなのだろう、と楓は思う。

「何年くらいやったの？」

「幼稚園から小学校五年までなので、七年くらいかな。それくらいになると、自分はそんなに才能ないってわかって、あきらめました」

「才能がない？」

「同じクラブに、コンクールで全国三位になるような子がいたんです。その子に比べると自分の足りなさがわかるんです。才能も努力も覚悟も全然違う。それに金銭的にも大変だから、六年になる時にすっぱりやめました」

「その後は運動はやってないの？」

「中学でダンス部に入ったんですけど、部の雰囲気が悪くて一年でやめました。バレエやってたからといって、鼻にかけるなと言われたし」

「なるほど。わかった。弓道はみんな同じスタートだし、平等だ。頑張れば今からでも全国大会を目指せるし、怠《なま》ければそこそこで終わってしまう。できたばかりの部だけれど、だからこそしがらみも少ない。みんなで頑張って、上を目指そう」

それだけ言うと、青田はカンナと賢人に一年生をまかせて、射場の方に来る。手には何か丸いものを持っている。

「先生、それは？」

楓が青田に近寄り、青田の手元を見る。

「的だ」

「的？　少し小さくありませんか？」

「いつも使っている一尺二寸の的は霞的《かすみまと》と言う。これは星的《ほしまと》で、この大きさのものは八寸的《はっすんまと》とも言われる」

普通の的は白地に黒の太い線で三つ円が描かれているが、青田が持って来たのは白地に真ん中だけ黒い円が描かれている。おまけに大きさが一回り小さい。

「善美は今日からこれも使うといい」

「何でこれを？」

「個人戦のためだよ。二次予選で順位がすんなり決まればいいけど、そうでない場合は競射、しかも優勝決定戦以外は遠近競射《えんきんきょうしゃ》になるから」

「遠近競射って？」

「順位を争う選手が例えば六人いるとしたら、六人で順番にひとつの的に一射ずつ射る。そうして、真ん中に近い矢から順位が高くなる」

通常弓道は中りか外れかだけで判断される。どんなに隅に中ったとしても的中は的中、ど真ん中の的中と変わりはない。だが、遠近競射に限ってはそうではないようだ。

「もし誰も的中しなかったら？」

「しなくても同じ。的の真ん中からの距離で順位が決められる」

まだそういう試合を楓たちは経験したことがない。競射も、団体戦で全員が一射ずつ引いて的中数を競う形だった。

「小さい的で練習して、より真ん中を狙えるようにするに越したことはない」

「わかった」

善美が軽くうなずきながら返事をする。

「優勝決定戦ならふつうの競射だ。だが、優勝争いに絡《から》むというのはなかなか難しい。なので、遠近競射対策をしておく方がいい」

遠近競射対策。順位決定戦に出られるのは、上位の選手だけだ。そのための対策をあらかじめやるということは、青田先生は善美が上位になると信じているんだろう。

「遠近競射は勝手が違うんで戸惑う選手も多い。実際にみんなで遠近競射の練習もしようと思うが、違う的でもまごつかない練習をした方がいい」

確かに、善美なら個人戦でも上位を狙える。個人戦のことは気にするな、と言ってたのに、内心はとても善美に期待しているんじゃないだろうか。

青田先生はいろいろ考えているんだな、と楓は思った。

顧問の先生ってそれが普通なのかもしれないけど、たのっちとは全然違う。

「善美がやらない時は、俺らもやってみていい？」

カズが尋ねる。

「もちろん。的の真ん中に中てる練習になる」

「じゃあ、さっそくやってみなよ」

カズが星的を持って安土のところに行き、端の的を外して星的に替える。

「うわ、なんか小さい」

楓は思わず言う。通常の的とは一〇センチくらいしか違わないはずなのに、もっと小さく見える。

「善美、やってみたら」

楓が声を掛けると、善美が射場に立つ。いつも通りの綺麗な射を引き分ける。

しかし、矢は微妙に的から外れた。

二射、三射と外して、四射目も的から逸れた。すべて少し後ろ斜め上の方に微妙にずれている。

「引き分けの時に見える的の位置が変わるので、勘が狂う」

善美が説明する。正確な射を引く分、ちょっとした変化に敏感なのだろう。

「普段の的の方がいい」

「でも、せっかく青田先生が持って来てくれたのに」

「これで練習したい人はすればいい。私には合わない」

そう言って、善美は射位から下がった。

「善美はこの練習は不要だと思うのか？」

青田先生が問う。聞いていたみんなが、はっとした顔でふたりをみつめる。善美は言葉を選ぶように少し間をおいてから言う。

「いらないとは思わないけど、試合の直前に勘が狂うようなことはしたくない」

「ああ、それは確かにそうだね。僕が悪かった」

青田がすぐに謝ったので、ハラハラして見ていた楓はほっとした。

「じゃあ、俺やってもいい？」

カズが言う。

「もちろん」

青田が賛同したので、カズが星的の前に立った。

最初二射は外したが、三射目は的中した。

「お、中った」

カズは嬉しそうだ。さらに四射目も真ん中の方に中った。

「俺、この的好きかも。真ん中に中てる練習にもなるし」

「そうか。それはあるよね」

「楓もやってみれば？」

カズに言われて楓も星的の前に立った。的が小さいので狙いの感じがかなり変わる。

最初三回は外すが、最後にようやく的中した。

「うん、慣れればこれでもいいかも」

その時、スパンと快音が響いた。隣の立ちで練習していた善美が、的の真ん中に的中させたのだ。その後続けて三射して、皆中だった。矢は同じ角度で、ほぼ真ん中に突き刺さっている。

「やっぱり善美は凄いな」

カズが呟《つぶや》くように言う。楓は無言でうなずいた。

ほんとに、同じ時期に始めたのに、どうしてこんなに差がついてしまったのだろう。

楓は黙ったまま、矢取りに向かう善美の背中をじっと見ていた。

7

今日はいよいよ関東大会二次予選の日だ。同時に決勝トーナメントが行われる日でもある。決勝に残れるかどうかは、自分たち次第だが。

男子も二次予選に進んでおり、そちらは午後から試合がある。

電車を小一時間乗り継いで、ようやく綾瀬《あやせ》駅に到着する。

予選は明治神宮だったが、今日は東京武道館だ。東京の弓道の大会はだいたいこのふたつだ。弓道をやっていなければ、綾瀬という駅で降りることもなかったろうな。

楓はぼんやりと周囲を眺める。駅を降りるとすぐ公園が広がっており、その先に東京武道館が見える。駅前にはお店も集中しているし、住み心地のよさそうな街だ。弓道着姿で弓を持った女子生徒が、ちらほら固まって歩いている。目的地はみな同じだ。

「午前中で決勝まで終わるって、なんだかあっけないですね」

真帆は補欠なので、気楽そうに言う。

「午後まで残って、男子の試合も観て行きますか？」

「それは結果次第。二次であっさり負けたら、そんな気分になれないと思う」

楓が答える。男子も一次予選を勝ち抜いたのは嬉しいけど、正直いまは男子どころではない。

「私は残ろうかな。男子の活躍も観たいから」

カンナは最近賢人と仲がいい。応援してくれ、と頼まれたのかもしれない。

入口で受付を済まし、控室に荷物を置く。

「とりあえずストレッチする？」

そう言って、三人でストレッチを始める。青田に、とにかくストレッチで身体をほぐせ、と言われているのだ。ほかの学校の生徒もいるが、みんな自分の支度があるから、こちらを気にする人はいない。

ストレッチが終わると巻藁練習の場所に向かう。

去年初めて試合に出たのも、この会場だった。メンバー表を忘れてばたばたしていたから、巻藁の練習時間は取れなかった。それだけ大騒ぎしたのに、一次であっさり負けたっけ。

それが今回は二次予選まで勝ち進んだ。善美は個人戦決勝に出場が決まっている。一年経たずに、私たち、進化している。

それを思うと、緊張も少し和らぐ。

「試合前に緊張するのは当然だ。無理にそれを押えようとしたり、緊張したらダメだ、と思い込まないこと。誰でも緊張はする。よい緊張はパフォーマンスを上げる。緊張している自分を俯瞰《ふかん》に見て、おかしがるくらいのゆとりがほしい」

青田先生はそう言っていた。

「あとは、深呼吸をすること。ゆっくり腹式呼吸をして、そこに意識を向けろ。試合に意識を向けていても、緊張するばかりだから」

緊張感はいまのところ大丈夫。

そうしているうちに呼び出しがあり、一階にある選手の控えの場所に行く。青田先生が先回りしてそこにいた。

「普段どおり落ち着いてやろう。ちゃんと練習は積んできた。カンナは大三の時、右肘が動かないようにすることと、馬手に力が入り過ぎないように気を付けて。楓は縦《たて》線《せん》をしっかり伸ばすこと。最後まで伸ばし切ること。それから慌てないで、自分のペースをちゃんとキープするように」

青田はそれぞれの悪いクセを指摘する。

「善美はいつも通りでいい。練習そのままの射をすればいい」

善美は黙ったまま、こっくりとうなずく。

「三人ともいつも通りやれば大丈夫。まだまだ先に進める実力はある。落ち着いていけ」

「はい！」

ちゃんと顧問らしいアドバイスだな、と楓は思った。たのっちはあまりこういうこと、言ってくれなかったな。

あ、でも武蔵野の大会の時にはいいこと言っていた。自分を認めろ、って言ってくれたっけ。

ゼロから部を立ち上げたこと。みんなで練習方法を考え、手探りで進めたこと。歴史のある弓道部なら、考えずにすんだこともたくさんあった。

それを乗り越えていまがある。弓道の実力には関係ないかもしれないけど、自分はこの一年弓道部のことを何より大事に想い、よくしようと努力してきた。それは間違いないし、誇っていいことだと思う。

「では、次のグループ、入場してください」

係員に促され、楓たちは射場へと足を踏み入れた。

今回武蔵野西校は一番前の立ちになる。去年の大会でも同じ立ちだった。自分が大前で、後ろの方の弦音を善美のものだと勘違いして、追い越し発射してしまった。いまはちゃんと三人のペースがお互いわかっているから、そういうミスはないだろう。そもそも私が落ちだから、気にすることではないんだけど。

射場から矢道を見る。おだやかな春の日差しが芝生の緑に降り注いでいる。きれいだな、と思いながら本座から射位に着き、立射なので立ったまま、持っていた四本の矢のうち二本を足元に置く。胴造りをして、前の二人の射が終わるのを待つ。

射の最中に頭を動かしてはいけない、と楓は弓道会で習っている。なのでカンナの背中越しに善美を見る。善美はカンナより小柄なので、弓と腕しか見えない。綺麗に弓返《ゆがえ》りする善美の弓手が見える。その直後、スパンと耳に心地よい的中音がする。

うん、まず一中。

続いてカンナの射。

カンナは前の射に影響されやすい、と青田が指摘していたが、その言葉通りに的中させる。

よし、私も続け。

自分を鼓舞して放った射は、みごとに的中した。

気持ちいい。今日はいい日になりそう。

その予感通り、善美は皆中、楓とカンナは二中。合計八中した。

いい気分のまま退場すると、青田が待ち構えて言う。

「おめでとう。これで決勝トーナメント進出は間違いない。善美も、個人戦で上位入賞はほぼ決まりだろう」

そうだった、と楓は思い出した。この試合が個人戦の決勝も兼ねているのだった。

あっけない気もするが、ここで善美の皆中は素晴らしい。

「全部終わるまで団体戦でトーナメント進出できるかはわからないけど、まず大丈夫だろう。そのつもりで準備をしておいて」

「個人戦の順位決定戦はいつやるんですか？」

珍しく善美から質問する。

「団体戦の決勝トーナメントが終わった後になる。なので、とりあえずは団体戦に集中していればいい」

「結果が出るのは、いつ頃ですか？」

「あと一時間後くらいかな。それまで巻藁でもしているといい」

青田に言われて、巻藁の練習場に行く。結果が気になるが、何かしている方が気が紛《まぎ》れる。巻藁の列に並んで四本ほど引いたところで練習を終える。そこから控えのスペースを通ると、ちょうど青田先生がホワイトボードに貼り出された結果を見ているところだった。

「どうでしたか？」

「団体は第二シードで決勝トーナメント進出」

第二シード、素晴らしい成績だ。思わず頬が緩む。

「強豪校の都立代田《だいた》高校や西山大付属《にしやまだいふぞく》を上回って第二シードだから大健闘だよ。周りの先生方も驚かれていた」

「第一シードはどこですか」

「都立南《みなみ》高校E。評判通り、今年も都立南は強いらしい」

校名の後にアルファベットが付くのは、同じ学校から団体戦に複数出場しているからだ。楓たちのように、一組しか出ていない学校の方が少数派だ。

「八中は私たちだけだったんですか？」

「いや、第三シードの都立代田も八中だった。うちが一次予選との合計で上回ったんだ」

「それで対戦相手は？」

「予選七位の都立南高校F」

「都立南F？　つまり、都立南は二グループ決勝トーナメントに出ているんですか？」

「そう。実は先ほど決勝トーナメントを掛けて六中の競射が行われたが、そこにも都立南が入っていた。そこで敗退しなければ、三グループがトーナメントに出るところだった」

「それはすごい」

都立南高の層の厚さを感じる。一組出るのがやっとの武蔵野西とは大違いだ。

「でもまあ、本命は牧野栞《まきのしおり》のいるEチームだろうな。牧野栞は予選で二回とも皆中し、個人戦優勝が決まっている」

「牧野さん、さすがです」

カンナがうっとりしたように言う。武蔵野地区大会で牧野に会って、カンナはファンになったと公言している。

「それで、善美の順位は？」

「四位以上は確定だ。七中は三人いるので、団体戦後に二位決定戦をやることが決まった」

「おめでとうございます」

カンナが祝福すると、善美は素《そ》っ気《け》なく「まだ早い」と言う。

「それはそう。祝福するのは結果が出てからでいい。まずは団体戦の方で結果を出さないと」

カンナは何か言いたげだったが、それ以上は言わなかった。

「トーナメントだから、対戦相手より的中が下回ったら、そこで終わる。南高は場数を踏んでいるし、二番手と言えど侮れない。だが、今日はみんな調子がいい。弓道は三人の調子が整うことが一番大事だ。このまま波に乗って、まずはトーナメント一回戦突破を目指そう」

「はい！」

楓とカンナは大きな声で返事した。善美は黙ってうなずいた。

第二シードなので、整列はトーナメント八校のうち最後尾に着く。五射場のうち最初の一、二射場と四、五射場を使って一度にふたつのトーナメント戦を行う。前半四校が射場に着くと、後半四校が入場して椅子に座る。そうして前半のトーナメントが終わるのを待つ。

この時間は嫌だ。どんどん緊張感が増してくる感じがする。

いやいや、気にしない。試合に意識を向けるのではなく、自分の身体に意識を向けよう。

大きく息を吸って、吐く。

横隔膜を下げるって、自分じゃわからないな。ちゃんとできているのだろうか。

呼吸をしながら、目立たない程度に足先を少し上げたり下げたりする。足首を動かすのでふくらはぎに刺激がある。次に手を握ったり緩めたりする。カケをした指先まで刺激され、血液が流れる気がする。

うん、大丈夫。今日も私の身体は大丈夫だ。

そう自分に言い聞かせる。

前半組が終わって退場すると、楓たちは立ち上がって射位に着く。

その時、持っていた四本の矢を足元に置いた。そのうち二本をカケをした右手で取り、腰に当て胴造りの姿勢をとるのだが、カンナがなぜか矢が取れないのか、前屈みになったままの姿勢だ。楓の位置からはカンナの手元は見えないのだが、しばらく前屈みのままで、善美が引き分けをする頃、ようやく身体を起こした。すぐに取懸けをするのだが、それもうまくいかないようだ。少し間を置いてから、打ち起こしをし、引き分けをする。

焦ったのか、いつもよりカンナのペースが速い。

『落ち着いて』と心の中でカンナを応援しながら、楓は取懸けをする。

善美の射は中ったが、カンナは外した。つられたように、楓も外してしまう。

二巡目でも、同じ展開になってしまった。善美は的中、カンナと楓は外す。

ダメだ。カンナだけじゃなく、自分まで動揺している。

楓は深呼吸をした。三人のテンポを乱す形になるが、まずは自分が落ち着かなければ、と思う。そうしてゆっくりと打ち起こし、ゆっくりと引き分ける。会つまり弓を左右に押し開く姿勢も、いつもより長くとってから離れになる。

矢は的中音を立てた。

うん、大丈夫だ。

そして四射目。善美はまた的中させた。今回も皆中だ。カンナはやはり外したが、楓は的ぎりぎりに的中させた。

引き終わると、椅子に戻る。

善美が四中で私が二中。合計六中だと厳しいだろうな。相手は名門都立南だし。でもまあ、決勝トーナメントに来れただけでも私たち、頑張ったよ。

楓がそう思っていると、係の人が前に出て発表する。

「ただいまの結果、都立南高校F五中、都立武蔵野西高校六中。したがって都立武蔵野西高校が準決勝進出となります」

えっ、嘘。私たちが準決勝進出？

狐《きつね》につままれたような気持ちで楓は射場をあとにする。射場を出るとすぐにカンナが半泣きで言う。

「すみません。私、全然中てられなくて」

「大丈夫、ちゃんと勝ち抜けたんだから」

楓はカンナの肩を撫《な》でて慰める。

「射場に行くまでは平気だったんですけど、中に入って待ってるうちにだんだん緊張してきて。それで射位について矢を取る時、いつもなら一回で取れるのにそれができなかった。それで焦ったら、今度は手が震えて来たんです」

「それで、取懸けもうまくいかなかったのね」

「はい。もう私、頭が真っ白になってしまって、何をやってたか自分でもわからなくなったんです」

「大丈夫、大丈夫。それでもちゃんと矢は飛んでいたし、結果もOKだったから」

そうしてカンナを慰めていると、青田先生が来た。

「よかった。これでベスト四だね」

「はい、でも私、あがってしまって、手が震えて……」

カンナの手を見ると、まだ震えが収まっていないようだ。

「緊張するのは当然だ。きみだけじゃない、南校の選手も緊張していた。やっぱり一中もできなかった子もいたからね」

青田は無言で視線を奥の方に向ける。そこには対戦相手の南校の選手たちが固まっていた。ひとりの子が涙を流し、ほかのふたりが慰めている。

「試合馴れしている南校の選手でもそうなんだから、カンナが緊張するのも無理はない。深呼吸して、気持ちを整えるんだ」

青田に言われて、カンナは少し落ち着きを取り戻したように見える。そこに聞き馴れた声がした。

「やったじゃないか。準決勝進出、大快挙だ」

田野倉だった。今日は無精ひげはないものの、いつも通り寝ぐせで、髪の毛はぐちゃぐちゃだ。

「先生、観に来てくれたんだ」

「一応コーチだし、教え子の晴れ舞台だからな。観ない手はない。だけど、カンナはいつもの元気はどうした？　びびったのか？」

「先生！　その言い方はカンナに失礼だと思う」

楓は思わず声を上げた。

「いや、すまん。でもなあ、カンナらしくないと思って。まさか優勝目指していたんじゃないだろう？」

「そんなことはないです」

カンナがむっとしたような顔で言い返す。

「じゃあ、緊張なんかする必要がないじゃないか。うちみたいなぽっと出がここまで来られたのはビギナーズラックだし」

「ビギナーズラックは言い過ぎです」

カンナが反論する。我々の勝因はまちがいなく善美の実力のおかげだ。カンナと私は並の選手。でも、足を引っ張らないようにと努力してきた。

「でも、そう思えば気楽だろ。南校みたいな名門は俺らよりはるかに緊張がある。なかには大学の弓道推薦狙っている子もいるだろうし、関東大会常連校のプライドがあるから、ここで負ける訳にはいかない。うるさい先輩たちに何言われるかわからないからね。それがプレッシャーとなって、彼らの肩にのしかかってくるんだ」

言われてみれば確かにそうだ。勝つことが期待される学校は、それだけプレッシャーも大きいだろう。選手たちが弓道を始めたのは、私たちとそんなに変わらないはずなのに。

「それに比べると俺らは楽。勝っても負けても誰にも責められない。次で負けても『ここまでよくやった』と褒められるだけだ。うちが準決勝進出なんて大金星だからね」

それはそうだ、と思う。弓道部の結果なんて、自分たち以外誰も気にしていない。仮に学校のみんなが気づくとしたら、関東大会出場が決まった時だけだ。

「だからよけいなことを考えず、自分たちのためだけに試合をすればいい。緊張して、失敗してもいいんだ。勝っても負けてもアオハル。これで終わるわけじゃない。負けたらまた次の試合、頑張ればいいだけさ。……お、そろそろ集合が掛かる。じゃあ、頑張れよ」

それだけ言うと、田野倉は観覧席の方に戻って行った。

「まったくたのっちは何を言うかと思ったら」

生徒の気持ちに寄り添って、なんて全然考えていない。ここまで来れたのは上等、それだけしか言ってない。

でも、なんか気が楽になる。ここまで来れただけでも大金星。次に勝っても負けても、自分たちだけの問題。勝ち負けはただの結果。ここまでの道のりが自分たちの青春だから。

「ほんと、言い過ぎだよ」

カンナもすねたように言うが、先ほどまでの震えは収まっているようだ。

「でも、たのっちらしいね。なんか落ち着いた」

楓が言うと、カンナも善美もこっくりうなずく。

「じゃあ、次も頑張るか。ビギナーズラックがどこまで続くか、試してみようよ」

そう言いながら、楓たちは待機場に向かった。

準決勝の相手は西山大付属西山高校だ。カンナの従兄弟《いとこ》が勤務している関係で、この学校の練習を見せてもらったことがある。専用の弓道場を持たないので、いろいろ工夫して練習をしていた。それはとても参考になった。

第三控と書かれた場所に行くと、すでに西山大付属の生徒は集まっていた。その中に部長の神崎瑠以《かんざきるい》の姿がある。目が合うと、軽く会釈をしてくれたので、楓も頭を下げる。

「お久しぶりです」

「頑張ってるね。ここでお会いできるとは思わなかった」

さすが、瑠以には強豪校の部長らしい貫禄がある。

「私たちはビギナーズラックだと思います。まさか準決勝まで来られるなんて、思ってませんでした」

「そんなことない。真田さん、すごいじゃない。個人戦でも大活躍だし」

「活躍？　何もしてない」

確かに、善美は団体戦しか出ていないから、個人戦で活躍と言われてもぴんと来ないのだろう。

「何言ってるの。四位以内確定だから、関東大会にも出場決まったでしょ？」

「えっ、そうなんですか？」

むしろ楓の方が驚いて聞き返す。

「個人は上位五位まで関東大会出場だから、いまの時点で真田さんは内定している」

「そうなんですよ。言わない方がいいのかと思って黙ってましたけど」

カンナも補足する。そういえば、カンナは「おめでとうございます」と言っていた。あれは上位に残ったことでなく、関東大会出場が内定したことへの祝辞だったのか。

「そうなんだ。善美、おめでとう」

楓が言っても善美はぴんと来ていないみたいだった。

「いまはそれとは関係ない」

と、そっけなく返事をする。

「そうね、いまは団体戦に集中しないと。お互い団体でも関東大会行きたいしね。上位三校が出場だから、ここで勝てば確実に団体戦出場が決まるし」

「あ、じゃあ神崎さんも個人戦で？」

「ええ。この後個人戦の順位決定戦でも真田さんと競うことになる」

つまり、瑠以も四位以上ということだ。

「おめでとうございます」

「ありがとう。でも、その言葉は試合が終わってからお聞きしたい」

どの試合のことだろうか。個人戦？　それともこれから始まる団体戦？

どちらにしても、自分が上回るという自負の表れだろう。

「では、全員揃ったようなので、これから入場します」

係員の言葉で話は中断される。

さあ、集中しなきゃ。

楓は大きく息を吸って、静かに吐き出した。


入場して射位に着く。カンナは瑠以と話して緊張が蘇《よみがえ》ったのだろうか。肩に力が入っている。矢を持つ時も、一度でできず、手間取っている。

カンナ大丈夫かな。こういう時、声を掛けてあげられたらいいんだけど。

案の定、カンナは最初の矢を大きく外し、幕打《まくう》ちをした。射場の上に飾られている幕の方まで飛んで行ってしまったのだ。

やっぱりカンナ、緊張してる。

楓はそう思いながら大三の姿勢を取ろうとしたら、矢が弓手からこぼれ、音を立てて落下した。

しまった！

矢こぼれは自動的に×がつく。引くチャンスを一回失うのだ。

緊張する場面なのに、楓はなぜか笑いが込み上げてきた。

カンナを気にするより、まず自分がちゃんとしなきゃいけないのに。全然ダメじゃん。自分が緊張している。

『緊張して、失敗してもいいんだ。勝っても負けてもアオハル。これで終わるわけじゃない』

田野倉の言葉が蘇る。

そうだ。ここまで来られただけでも大金星。別に負けたってかまわないんだ。

そう思ったら、ふと身体の力が抜けた。

カンナが二射目を引き終わった。自分の番だ。楓は打ち起こしの体勢を取った。

ふと気づくと四射目を引き終わっていた。集中していたからか、弓を引いた、という以外、何も覚えていない。

本座の後ろに置かれている椅子のところに退くと、看的《かんてき》表示板を見る。

自分のところには、一射目が×、その後は○が三つ並んでいる。

あれ、中ったんだ。

不思議な気がした。確かに三射した覚えはあるが、その結果は知らなかった。

「ただいまの結果、西山大付属七中、武蔵野西七中。よって競射を行います」

ああ、もう一射引けるのか。

楓はぼんやり思った。まるで夢の中にいるように頭がはっきりしない。

でも、もう一回引けるのは嬉しい。

そんな心持ちのまま、再び射位に着く。

競射はそれぞれの選手が一射ずつ引き、チーム全員の的中の数が多い方が勝ちとなる。一回で勝負がつかない時は、二巡、三巡と、決着がつくまで行う。

善美がいつも通りのペースで引き、的中させる。

次にカンナが的中。

快音が続くのは気持ちいいなあ。

そんなことを考えながら引くと、楓の的も真ん中に中り、的中音を響かせた。

引き終わると、善美とカンナが席に戻っている。

あ、一射引いたら、戻るのか。

楓が着席すると、的前に係の先生方がばらばらと出て来て、的の中りを確認する。ハンドサインで射場の係に何かを告げる。

「ただいまの結果、西山大付属西山高校二中、武蔵野西高校三中。武蔵野西高校の決勝進出が決まりました」

えっ、私たちが勝ったの？

一気に現実に引き戻される。

狐につままれたような気持ちで退場する。

射場の出口のところで、西山大付属の選手たちと一緒になった。瑠以と目が合う。

「おめでとう。私の方が言うことになっちゃったね」

「ありがとう」

「でも、まだ三位決定戦がある。関東大会に出られるように頑張るよ。あなた方も、ここまで来たら優勝して。優勝校に負けたのなら、私たちも納得できるから」

「うん、お互い頑張ろう」

そうして、西山大付属の生徒たちは去って行く。敗者ではあるが、うなだれることなく堂々としている。

「やっぱり瑠以さん、素敵ですね」

カンナがうっとりとみつめている。

「よくやった、おめでとう！」

西山大付属の生徒たちが去って行くと、青田先生がみんなに言う。

「カンナ、最後の最後でよく頑張ったね」

「はい、よかったです。ずっと中らなかったのでどうしようと思っていたんですけど、競射的中して」

カンナの目は赤くなっている。涙ぐんでいるようだ。

「よかったね。よく緊張を乗り越えたよ」

「はい、あの、最初に楓先輩が失《しっ》をしたでしょ？　正直その段階でもうダメだ、って思ったんです。きっとぼろ負けするだろうって。だけど、その後楓先輩が三中させた。それを見て、びくびくしている場合じゃないって思ったんです。最後はちゃんと自分の思う射が引けました」

「うん、善美の皆中も素晴らしかったけど、失からの三中も立派だったよ。よく自分を立て直したね」

青田も褒めてくれる。

「いえ、たぶん失をしてもうダメだ、と思ったので、身体の力が抜けたんだと思います。三中できるとは思っていなかった」

まるで魔法にかかっていたようだ。スポーツ選手がゾーンに入る、と言うけど、そういうことなのだろうか。でも、私みたいな平凡な高校生にもそんなことが起こるのだろうか。

「ともあれ、よかった。これで関東大会進出決定だ」

関東大会。

弓道に限らず、テニスもバスケもラグビーも関東大会はある。それに出られるのは部活をやる高校生には大きな名誉なのだ。

なんとなくぼんやりしていた頭が急にはっきりした。同時に喜びが込み上げてきた。

自分たちがそれに出られるなんて思わなかった。今朝ここに来る時も、そんなこと、考えもしなかった。ほんと、夢みたいだ。

「ともあれ、次は決勝だ。どうせなら優勝目指して頑張れ」

最終的には、青田はそう言って部員たちを励ました。

「はい！」

楓とカンナは大きな声で返事をした。

だが、優勝決定戦はあっけなく結果が出た。

善美三中、カンナ二中、楓三中。合計八中。悪い成績ではない。いや、いまの武蔵野西高校ならベストと言ってもいいかもしれない。

しかし、相手の都立南高校は四中、三中、三中。合計一〇中で、あっさり楓たちを突き放した。皆中したのは、個人戦でも優勝した牧野栞である、
やはりレベルが違う。

楓は退場しながら思う。

それとも経験値の差だろうか。

弓道の試合は残酷だ。ほんのちょっとした心の動揺で射が乱れる。西山大付属にしても、本来の力を出せばもっと上に行けただろう。

だけど、出せなかった。きっと瑠以さん以外は準決勝のプレッシャーに負けたのだと思う。だけど、南校の選手は違う。ここでベストともいえる成績を叩き出している。さすが名門校だ。

「二位、おめでとう」

田野倉が姿を見せて、楓たちを祝福する。

「まさか、ほんとうにここまで勝ち上がれるとは思わなかった。すげーよ、おまえら」

珍しく田野倉が手放しで褒める。

「まあ、ここまで来れたら満足だろう。ほんと、頑張った」

楓はなんとなく変な感じがした。もうこれで終わりみたいな言い方だ。これから関東大会があるというのに。

「次は個人戦の順位決定戦だ。そろそろ善美は集合場所に行かないと」

青田に促されて、善美はうなずく。

「じゃあ、私たちは観覧席から見ているね」

「善美先輩、頑張ってください」

楓とカンナは大急ぎでいままで使っていた弓と矢を二階の控室に置くと、階段を一段抜かしで下り、観覧席へと急ぐ。観覧席は八割がた埋まっている。ふたりが空いている場所を探していると、

「先輩こっち」

真帆が手招きをしている。自分の隣とその隣を取っておいてくれたのだ。安土には

離れた場所に的がふたつ置かれている。二位決定戦用と五位決定戦用の的だ。それぞれの選手が順番に同じ射位に立って、同じ的をめがけて弓を引く。矢が中った場所が的の真ん中に近い順から、上位となる。

ふたりが観客の間を縫ってその席に着いたと同時に、順位決定戦に出場する選手が入場してきた。

いちばん最初に入場したのは善美。身長が一五五センチに満たないくらいの善美は、入場した四人の中でもいちばん小柄だ。しかし、背筋がすっと伸びて姿勢がよく、足運びもきれいなので、四人いても自然と善美に目が行く。

善美はもともと美人だけど、身にまとうオーラというか、何か人を引き付けるものがある。アイドルとか俳優とか、人目を引く職業の人は皆こういう感じなんだろうか。善美本人は無口で変人だし、人目を集めようなんて全く思ってないんだろうけど。

二位決定戦は三人、五位決定戦には七人いる。

楓たちは上座《じょうざ》側の観客席に座っているので、善美たちの表情がよく見えた。善美はふだん通りの顔をしている。いつも通りのペースで弓を引く。

矢は真ん中からやや二時の方向に逸れたところに中った。

うん。まあまあ大丈夫。

楓はこころの中でつぶやく。

次は西山大付属の瑠以。緊張した表情で弓を引き、真ん中から五時の方向に逸れたが、的中させた。最後の選手は的の外に外した。

「善美さんと瑠以さん、どっちが真ん中に近いんでしょう？」

カンナに聞かれるが楓には答えられない。

二位決定戦の三人に続き、五位決定戦の七人の射が終わると、看的所に待機していた係の先生たちが出て来て、それぞれの的の前に立ち、矢の位置を検証している。それが終わると一本ずつ矢を取り、長さを揃えずに右手で捧げ持つ。そのまま矢道をまっすぐ突っ切って、射場前端に待機していた係の人に渡す。受け取った係員は渡された矢の中で、いちばん上に出たものを取り出し、座っている選手たちの前に「あなたのものですか？」と言うように差し出す。

まず瑠以が手を上げて自分の矢を受け取る。次に善美、つぎにもうひとりの選手。

そこでアナウンスがなされる。

「競射の結果、二位は西山大付属西山高校神崎瑠以選手に決まりました」

観客席の三人は思わず「ああ」と溜《た》め息《いき》が漏れた。善美は三位だった。

「残念。瑠以さんの方が上だったか」

「でも三位入賞は凄いことですよ」

「団体で二位、個人では三位。素晴らしいですね」

「ほんと、上出来だよ」

三人が騒いでいると、再びアナウンスがなされる。

「この後準備をして、表彰式を行います」

「いけない。私たちも戻らなきゃ」

楓とカンナは立ち上がり、人混みをかき分けて射場の方へと向かう。女子の結果が出たので、そのまま帰宅したり、昼食へ向かう人もいる。

射場の手前の控えのスペースのところで、競技が終わった善美と、青田と田野倉と合流した。

「今日はほんとによかった。おめでとう！」

珍しく田野倉が素直にみんなを祝福する。

「団体二位、個人三位、予想以上の好成績です。校長やほかの先生方も驚くでしょうね。復活したばかりの弓道部が、団体個人両方とも関東大会出場なんだから」

青田の言葉に、田野倉が驚いたように言う。

「先生、団体でも関東大会に出るつもりですか？　さすがに、辞退した方がいいんじゃないですか？」

「どういうことですか？」

楓が田野倉に聞き返す。ここまで来れたのに、辞退するってどういうことだろう。訳がわからない。

「関東大会は五人立ちだ。一組五人の選手で競うんだよ」

田野倉の言葉は衝撃的だ。楓たちは補欠を入れても四人。五人立ちでは選手が足りない。

「五人立ち？　予選は三人なのに？」

「そうだ」

「じゃあ、私たちは出場できないってこと？」

そんなことは知らなかった。東京予選同様、本選も三人立ちだと思っていた。

「だったら、最初から出ない方がよかったじゃないですか。なんのために戦ったのかわからない」

楓とカンナはともに怒りが込み上げている。

「それを知ってるんだったら、最初から言ってくれればいいのに」

　カンナは涙ぐんでいる。天国から地獄に突き落とされる、と言ったら大げさだが、震えるほどの緊張を乗り切れたのは、関東大会に出たい、という夢があったからだ。最初から出られないなら、なんのために頑張ったかわからない。

「それを言ったら、士気にかかわるだろう？　それにまさか上位三校の中に入るとは思ってなかったし」

「でも、だったら予選から五人立ちでやればいいのに。そうしたら、変な期待をしなくてよかったのに」

　カンナの言う通りだ。さっきまであんなに喜んでいたのが、馬鹿みたいだ。

「東京は出場校が多いからね。五人立ちでは時間が掛かる。それに、うちみたいな少人数の学校もあるから、少しでも多くの学校に試合を体験させたいという教育的な配慮もあるのだと思う」

「それはそうかもしれないけど……」

　だったら、そういう学校が予選突破することについての教育的配慮はどうなっているんだろう。ここで辞退することが配慮されたと言えるのだろうか。

「たとえここで優勝できても、三人立ちでは関東大会での活躍は期待できない。東京の代表として恥じない試合をするためには、五人立ちができる学校に譲るべきだろう」

田野倉の言うことはもっともだ。たとえ出場したところで、三人だけでは射数が足りない。五人の学校にあっさり負けるだろう。

それはわかる。だが、我々に勝てなかったチームが、関東大会で活躍できるというのか。その保証があるのか。

「いえ、出場させますよ。二年の真帆がいますし、一年生で有望な部員を六月までに鍛えます」

青田がきっぱりと言い切った。楓も思わず口走る。

「先生、本気ですか？　そんなこと、できるんですか？」

真帆はともかく、まだ射法八節さえおぼつかない子たちを、六月までに鍛えるなんてできるのだろうか。

「野球部でもサッカー部でも、人数が足りない時には校内で運動のできる部員に、当日だけ出てもらうなんてよくあることです。うちの場合は部内での調整だけだから、何も問題はありません」

「……そんなことまでして、出場する必要があるのか？」

「関東大会に出られるかどうかは、この子たちには大きな問題です。出場すれば内申書にも書かれます。先生ならよくご存じでしょう」

そうだ、田野倉先生は今年進路指導をしているんだ、と楓は思い出した。内申書に書かれるとは知らなかった。確かにそれは推薦でもポイントを上げるだろう。そのためにがんばった訳じゃないけど、できるならそれを書いて欲しい。

「それに、関東大会出場という事実は、学校の名誉にもなるし、弓道部の立場もよくする。予選二位では何の価値もありません」

田野倉は眉《まゆ》を顰《ひそ》め、口を引き結んでいる。いままで見たことないような厳しい顔だ。

青田はさらに言葉を続ける。

「だけどそれ以上に大事なのは、この子たちにとって関東大会出場は一生の思い出になる、ということです。この先弓道をやめることになったとしても、高校時代を振り返った時、きっとそれは大きな輝きを放つ。逆にここで辞退すれば、傷となって残るでしょう。先生はこの子たちの輝きを奪うつもりですか？」

それを聞いて楓は涙が出そうになった。

そうなのだ。関東大会はきっと自分の中で勲章《くんしょう》になる。才能があるわけじゃないし、善美の活躍のおかげだとわかっている。だけど、先輩に教えを乞《こ》うこともできず、この一年自分たちで頑張った。慣れない部長という役割も果たしてきた。関東大会出場はそのご褒美《ほうび》だ。

田野倉は青田の問いには答えず、楓たちの方を向いて問う。

「きみらは、関東大会に出たいのか？」

誰も答えない。

でも、それが答えだ。出たい。ここまで実力で勝ち残ったのだし。ここであきらめたのでは、いままで練習してきた甲斐《かい》がない。

「わかった。顧問は青田先生だ。最終的には青田先生が決めることだ」

田野倉は目を伏せて言う。楓はほっとした。田野倉先生に強く言われたら、きっと自分たちは断れない。いままでずっと弓道部の面倒をみてくれたのは、青田先生ではなく田野倉先生だから。

「ともあれ大変だぞ、これから」

田野倉先生は溜め息交じりに言った。その理由が、その時の楓にはわかっていなかったのだ。

8

「嬉しいお知らせです。弓道部女子は関東大会東京都予選で二位の成績を収め、関東大会出場が決定しました。なお、個人でも三年一組の真田善美さんが三位になり、個人でも関東大会出場を決めました」

体育館に整列した全校生徒の前で、それが伝えられた。

「弓道部員、壇上へ」

朝礼の列のいちばん前で待機していた弓道部員女子四人のうち、楓と善美が代表して壇上にあがる。一メートルほど高い壇の上からは、学校中の生徒が見える。高一の時、同じグループだった三木花音《みきかのん》と目が合うと、楓に向かって小さく手を振った。

校長先生が賞状を読み上げる。

「女子団体二位、武蔵野西高校女子弓道部。あなた方は関東大会東京都予選において、上記の優秀な成績を収めました。その栄誉を称《たた》えます。東京都高等学校体育連盟会長」

読み終わると賞状を楓の方に向け「おめでとう」と言いながら、賞状を渡す。楓が受け取ると、パチパチと大きな拍手が起こる。

誇らしい気持ちが胸の底から沸《わ》き起こる。

「続いて個人女子三位、武蔵野西高校真田善美。以下同文。おめでとう」

再び大きな拍手が起こった。「善美ちゃーん、最高ー」と野太い歓声が起こり、その場は笑いに包まれる。

校長は話を続ける。

「我が校の弓道部はかつては名門と言われていましたが、長年活動を停止していました。いまここに並ぶ生徒たちが去年復活させ、今年から正式に部として活動を始めたばかりです。いろいろ大変なことがあったと察せられますが、それでもこの快挙を成し遂げました。我が校が掲げる教育目標『挑戦するこころ』を、彼らは見事に体現してくれました。この後、六月に栃木《とちぎ》県で行われる関東大会へと進みますが、そこでも『挑戦するこころ』を忘れず、精一杯の活躍を見せてくれることを期待しています」

再び大きな拍手が起こった。楓は笑みが込み上げてくる。全校生徒の前で祝福される日が来るなんて、夢にも思ってなかった。ほんと嬉しい。高校に入ってから、今日がいちばん嬉しい。

田野倉先生には辞退を勧められたけど、辞退しなくて本当によかった。

残念ながら男子は関東大会には進めなかったけど、決勝トーナメントの最初の試合に出られるところまで頑張った、それも誇らしい。

教室に戻るとクラスの友だちにも祝福されたし、ほかのクラスの友だちからもLINEで祝福と激励のメッセージが届いている。嬉しくて、ふわふわした気持ちになった。

反響はそれだけではなかった。放課後、更衣室で着替えて部室に行くと、部室の前に人だかりができている。数えると男子四人女子は六人いる。

ドアの前にはミッチーとカズが立っていて、彼らに何か話している。

「どうしたの？」

「入部希望者です」

「えっ、いきなりこんなに？」

「関東大会出場が効いたんですよ。それに、今日が仮入部の期限だし」

部活は最初の二週間が仮入部期間。その間は自由に部を変えることができる。正式な部員と認められるのは、仮入部期間が終わった後だ。

「じゃあ、この人たちは今までほかの部活をやっていたってこと？」

楓の問いに、たむろしていた一年生が口々に答えた。

「弓道部も気になっていたんですけど、できたばっかりで専用の道場もないから、敬遠してたんです。でも、関東大会に出るくらい強い部なら、やってみたいと思いました」

「テニス部に仮入部したんだけど、厳しくてついていけなくて。弓道部なら大丈夫そうだと思ったんです」

「それに、始まったばかりの部でも関東大会に行けるんだから、俺でも全国目指せるんじゃないかと思って」

最初に入部してきた子たちより、さらに動機は軽い。だが、自分たちだって深い信念があって弓道を始めた訳じゃない。きっかけはなんであれ、弓道を始めてくれることが大事で、それが続けばいい。

「入部希望者が多いっていうのは、ありがたいことだね」

ミッチーが言う。カズも同意する。

「そうだね。去年部員集めに苦労したことを考えると一年ですごい変化だね。これだけ部員がいれば、切磋《せっさ》琢磨《たくま》してもっと強くなれるだろうし」

「まあ、そうね」

楓も同意するが、不安を覚えないわけにはいかない。現在新入生の部員は一三名。元いた六名で面倒見るのにちょうどいいくらいの数だ。さらに一〇人部員が増えて、やっていけるだろうか。

「とにかく今日一緒に練習してみて、本気で入部するか、考えてみて。みんなジャージは持っている？」

楓は入部希望者に尋ねる。

「あ、今日は体育がないんで、持っていません」

「私も」

「俺も」

半分ほどは、体操着の用意はない。

「持ってない人は今日は見学してね。ほかの人は着替えて、屋上の弓道場まで来て」

それを聞いて、半数は着替えに走った。残りは楓の前で突っ立っている。

「じゃあ、一緒に屋上に行きましょう」

そう言って楓が歩き出すと、ぞろぞろ五人がついて来る。ひよこを従える親鶏のような感じだと思って、楓はちょっと気恥ずかしかった。

結局その日はほとんど練習にならなかった。

すでに入部を表明している一三人に説明したことを、今日来た一〇人にまた説明をする。一三人には別の練習をさせる。それぞれ上級生がふたりずつ付いた。四人そちらに取られるので、練習できるのは三人だけ。交代制にしたものの、真帆は一年生に説明できるほどの知識がなく、一年生の指導はまかせられないので除外。青田は職員会議で来られない日だったので、結局楓がみんなに指示を出すしかなかった。

「お疲れさまでした」

そう言って解散を告げる頃には、楓はすっかり疲れてしまった。

練習するより下級生の指導の方が気を遣《つか》う。

片付けをして、屋上の鍵を閉めると、鍵を持って職員室に返しに行く。ついでに青田に練習が終わったことを報告する。これは練習終わりに必ずやることだ。当番はローテーションで回ってくるが、今日は楓の番だった。

「練習終わりました」

「お疲れさま。何か変わったことは？」

「今日一年生一〇人が新たに入部を希望してきました」

「一〇人か。それはちょっと多いね」

「はい、既に希望していた一年生と合わせると二三人。上級生が少ないのでたいへんです」

「それで、誰か有望な子はいた？」

「有望な子？」

「関東大会に連れて行けるような子」

そうだった。青田先生は関東大会本番には一年生を連れて行く、と言っていたのだ。

「まだ、それがわかるレベルではありません。先に入った子たちでも、まだ巻藁がやっとですし」

「でもまあ、選ぶしかないね。いまからでも遅すぎるくらいだし」

「どうやって選ぶんですか？」

「明日僕が立ち会って、簡単なテストをする。男女三人ずつくらい選びたい。そうして関東大会まで僕が鍛える」

「二ヵ月もないのに、できるんですか？」

「大学弓道部なら、一、二ヵ月で的前に立たせる学校も多い。高校でも、できないことはないよ」

楓は初めて『大変なことになった』と思った。去年の新人、カンナとカズとミッチーは夏休みに初めて的前に立った。練習を始めて四ヵ月目だ。それくらい経たないと弓道に必要な筋肉が育たないと教えられていたし、ほかの学校でもそれくらい時間を掛けると聞いた。

それなのに、二ヵ月足らずで的前に立てるまで引き上げるなんて可能なのだろうか。新人たちから文句が出ないだろうか。

『大変だぞ、これから』

田野倉先生の言ったことが、ようやくわかってきた。楓は安易に「出場する」と表明したことを、ちょっぴり後悔していた。

「顧問の青田です。二年生のクラスで英語を教えているから、みんなとは初対面だね。よろしく」

その翌日、午後の練習の準備体操が終わった頃、青田は屋上に姿を現した。

「よろしくお願いします」

一年生が声を揃える。結局二三人全員が入部を希望した。部員が少なくて試合に出るのもやっとだった弓道部が、いきなり大所帯になったのだ。挨拶の声の大きさだけでも全然違う。

「今日はいいニュースがある。みんなこっちに集まって」

既に的前で練習していた楓たちは、青田に言われて練習を中断する。

楓は青田が何か白い布のようなものを持っているのに気づいた。それに、後ろの方に用務主事の雨宮さんがいる。

「いいニュースがみっつ。まずひとつはこれを見て」

青田は手に持った白い布のようなものを広げた。

『祝関東大会出場！　弓道部女子団体　弓道部女子個人　三年一組真田善美』

そう書かれた長い垂れ幕だ。存在は知っていたが、実物を見るのは初めてだ。

「わ、すごい！」

賢人が声を上げた。

「いいなあ、カッコいいじゃん」

カズも言うが、楓やカンナは声もなくそれをみつめていた。

ほかの学校ではこういう垂れ幕を見たことあるけど、自分の学校では見た事がない。都立の進学校だし、運動に特別力を入れているわけじゃないから、それが当たり前だと思っていた。

まさか、自分たちの快挙をこうしてアピールする垂れ幕ができるとは思わなかった。

「これ、飾るんですか？」

一年生の女子が尋ねる。

「そう。生徒だけじゃなく外部の人にもよく見えるように、校舎の正門側に垂れ幕を垂らす」

「すごい。私も弓道部だって、みんなに自慢できちゃいますね」

「関東大会に出るって、すごいことなんですね」

一年生の賛辞は楓のこころに染みる。

自分たちのためにやったことを、周囲みんなが祝福してくれる。注目してくれる。そんなこと、いままでなかったな。

「来年は俺らも名前が載せられるといいな」

カズはうらやましそうに言う。

「善美の名前もフルネームで入っているよ」

楓が言うと、善美は唇をちょっとゆがめて言う。

「困る」

「いいじゃない。晴れがましいことだし。学校みんなで喜んでくれているんだから」

「晴れがましい？」

「そう。関東大会に出場することは、それだけ名誉なことなんだよ」

善美は、納得したようなしないような複雑な顔をしている。

「この垂れ幕、実は君たちの父母からの寄贈なんだ。二年三年の保護者の方たちが注文して作ってくれたんだよ」

「えっ、そんなこと、全然聞いてない」

「俺も」

楓と賢人が言うと、青田はにやっと笑った。

「言い出しっぺは賢人くんのお父さんなんだ」

「えっ、おやじが？」

「こういうものはその部のOBが寄贈するものだと、どこかから聞いて来たらしい。弓道部にはOBとの繋がりがないから、保護者で負担することにしたそうだ。当日まで本人たちには内緒で、って話だったんだ。もちろん矢口さんの親御さんも一口乗っている」

楓は胸がぽっと温かくなった。

おかあさん、そんなこと一言も言ってなかった。関東大会出場が決まって、家族でお祝いはしてくれたけど、『三年生なんだからね。その後のインターハイ予選が終わったら、受験頑張るのよ』と言っていた。それなのに、ちゃんと私たちのためのサプライズに協力してくれたんだ。

「うちの母も？」

善美が尋ねる。

「もちろん。真田さんのフルネームを載せていいかと確認したら、『喜んで』と言ってくれたよ」

「うちの母が？　ほんとに？」

「そうだよ。子どもの活躍を喜ばない親はいないだろう」

善美が確認した理由が楓にはわかる。最初善美が弓道を始めた時、母親は強く反対したのだ。それだけの理由があるというのは、後に楓も知ったのだが。

垂れ幕を出すのに協力してくれたということは、善美が弓道をすることを受け入れたのだろう。娘の活躍を素直に喜んでいるに違いない。

善美はいつものように表情を崩さない。半信半疑な顔をしている。

「じゃあ、さっそく飾りますか？」

「はい。よろしくお願いします」

雨宮さんは屋上の端に行って、垂れ幕を吊り下げる準備を始める。

「それで、良いことのあとふたつは？」

カズがじれったそうに尋ねる。

「そうそう、ひとつは屋上にテントをつけてもらえることになった。射場と的の方と。木造のちゃんとした建物ではないけど、日除けになるし、少々の雨なら練習ができる」

「えっ、本当ですか？」

「本当だ。関東大会に出場するのに、まともな弓道場がないのは困る。これから梅雨《つゆ》の季節になるから、せめてテントをつけて欲しい、と職員会議で交渉したんだ。うちの学校、ここ五年はどの部活も関東大会に出たことがないから、久々の快挙。それで要求も聞き入れてもらえた。ついでに、夏の合宿の予算も取ってもらえる」

みっつめのよいことは、合宿に行けるということだった。

「うわ、すごい！」

「先生、素晴らしい！」

「合宿ってどこなのかな。すっごい楽しそう」

みんなテンションが上がって、口々に喜びを表している。善美の表情も和らいでいる。しかし、楓の隣にいたミッチーがつぶやくように言う。

「僕、行けるかな」

それを聞いてはっとした。インターハイ予選が終わったら、自分たち三年生は引退して受験勉強に専念する。母にもそう宣言している。夏の合宿なら勉強合宿の方にしろ、と言われそうだ。

ああ、ほんとにもうすぐ引退なんだな。

合宿、行きたかったな。

「それだけ学校も力を入れてくれるんだから、君たちも頑張ってほしい。インターハイでも結果を出せるといいね」

「そっちは男子弓道部が名前を残します」

賢人が力強く宣言する。

「お、言ったね？」

「言霊《ことだま》があるって言いますから。どうせならいいことを言っておかないと」

言霊という単語を聞いて、楓はふと田野倉先生のことを思い出した。言霊を教えてくれたのは田野倉先生だった。ここのところまったく部活には顔を出さない。だけど、部の立ち上げの時に支えてくれたのは田野倉先生だ。関東大会出場だって、田野倉先生がいなければできなかったこと。

先生は今頃どんなふうに思っているのかな。

「その心意気はいいね。せっかく弓道場の屋根もできるし、合宿も行けるんだ。インターハイ予選目指して頑張ろう」

みんなは「はい！」と大きな声で返事をした。

「よし。気分が上がったところで、これから一年は簡単な体力テストをやりたいと思います」

「体力テストって、何をやるんですか？」

ミッチーが尋ねた。

「基礎力がどれくらいあるか判断するためのものです。上級生はいつも通り練習をしていい。あ、部長の矢口さんには立ち会ってほしいのですが」

「でしたら、副部長の薄井くんも一緒がいいです」

「そうだね。男子部員も見た方がいいかな。じゃあ、ほかの部員は練習を開始してください」

青田の号令で、上級生は的前へと移動する。

「体力テストって、なんのためにやるのだろう？」

「さあ……」

選抜組を選ぶための手段だろうと思ったが、楓は言わなかった。

「じゃあ、最初は腕立て伏せから。まず見本を見せよう」

青田はその場に屈んで、腕立て伏せの体勢を整える。

「この時、身体がまっすぐになるように。そして、これくらいまで腕を曲げる」

青田は腕をぐっと曲げ、深く身体を沈みこませた。お手本のような見事な腕立て伏せだ。

「これで一回」

青田は体勢を戻して、立ち上がった。

「四人ずつ順番にやってほしい」

青田が言っても「お先にどうぞ」「あなたが行ってよ」と、みんな譲り合うばかりなので、見かねた楓が号令を掛ける。

「じゃあ、背の順に並んで」

すると、今度は素直に並んだ。背の順の前から四人ずつやることにする。背の低い順なので、前の方は女子ばかりだ。

「では、最初の四人から始めて下さい」

そうして、青田が「いーち、にー」とゆっくり数える。最初の三回くらいはみんなちゃんとやれるが、五回を超える辺りでお尻が上がったり、沈みこむ深さが浅くなったりする。一〇回では半分くらい脱落し、二〇回ではさらに半分。三〇回まで到達したのはふたりだけだった。

ひとりは女子で、かつて水泳をやっていたという間島葵だ。もうひとりは男子でやはり何か運動経験がありそうな体格をしている渡辺翔《わたなべしよう》。ふたりとも、三五回で仲良く脱落した。

次に腹筋、スクワット、前屈、上体起こしと続ける。やはり腕立て伏せで好成績を収めたふたりがほかよりも優れている。柔軟については、やはりバレエをやっていたという桂陽菜が優れていた。

「えっと、きみは間島葵さんで、きみは渡辺翔くん、それに桂陽菜さんだね」

青田は好成績の三人の名前を確認すると、メモに書いた。

やはり過去に運動経験がある子の方が体力的に勝っている。弓道には運動神経は関係ないと言う人もいるが、実はそうでないことを楓は最近痛感している。筋力があるに越したことはないし、微妙な体内感覚で差が出るから、それに敏感な人の方が上達は早い。

それにもともと姿勢のいい人の方がやっぱり得だ。自分は猫背の癖があるので、それで損をしている。

「最後は、弓を素引きしてもらう。矢口さん、薄井くん、今日から入部する人たちに、カケの挿し方を教えてあげて」

最初から入部している子たちはすでに自分のカケを決めているし、挿し方も知っている。だが、後から入部希望をしてきた子たちは、カケ選びからやらなければならない。選んでいる間に、青田は既にカケを着けている新入部員たちに素引きをやらせている。彼らには既にゴム弓の練習もさせているので、少しはそれらしい形になっている。だが、素引きをちゃんとできるかというと、そうでもない。腕力だけで弦を引っ張ろうとしている子が多い。彼らがやるのを見ながら、青田は何かメモを取っている。特に注意するわけでもない。

今日から入る子たちが全部カケを着けると、彼らにも素引きをさせるのだが、今度は弓の握り方から教えなければならない。

やっぱり速成で教えるのは無理ではないかしら。

楓の頭にそんな考えが浮ぶ。自分も弓道会で教わった時は、歩き方からじっくり教わった。的前に立つのにも数ヵ月かかった。それにはそれだけの理由があったのだと思う。

　たった一ヵ月半で試合に出られるくらいの技術が身に着くのだろうか。

　既に二ヵ月的前で練習をしている真帆でも、まだ掃《は》き矢、つまり的に届かず矢が地面を擦ったりしている状態なのに。

　今日入部した人達は、前のグループよりさらに酷い。何も教えていないのだから、当たり前だが。

　しかし、ひとりだけ素引きがさまになっている子がいた。今日から入部した女子だ。

「きみは、弓道経験があるの？」

「はい。中学時代、近くの体育館で教わりました」

「なるほど。高校に入ったら、弓道部に入るつもりだった？」

「いえ、専用の弓道場がないならそんなに強い部だとは思わなかったし。どうせなら、強い部がいいと思いました」

　ずいぶんはっきりものを言う子だと楓は思った。ショートヘアできりっとした目鼻立ちが印象的な子だ。運動神経もよさそうで、体力測定でもそこそこいい成績だったと思う。

「それじゃ関東大会出場を知って、考えを変えたってこと？」

「はい、そうです。団体出場だけじゃなく、個人でも出場できるほど上手い選手がいるなら、自分のスキルを上げることができると思いました」

あまりにはっきりした言い方に、青田は苦笑した。だが、嫌な気持ちになった訳ではなさそうだ。

「そういう気持ちは大事だね。先輩に負けずにスキルを上げられるといいね」

「はい！」

「きみはえっと、遠藤《えんどう》さんだっけ？」

「はい。遠藤芽衣《めい》です」

「わかった。じゃあ、今日の体力テストはここまで。何か質問は？」

何人かから手が上がり、練習時間のことや持ち物などについて質問があった。青田に代わって楓が答える。ほとんどが今日入部してきた子たちからの質問で、初日に説明したことの繰り返しになった。

整理体操をして、一年生を先に帰らせる。そろそろ薄暗くなってきたから、片付けをして帰宅すべき時間だ。だが、今日はまだ楓は練習が出来ていない。

「ごめん、あと二〇分、いや一五分だけ練習させて」

楓は片付けをしようとしている部員を止める。

「こっちの的だけ残しておいて。あとで自分で片付けるから」

「わかった」

賢人が答えて、的ひとつだけ残してあとは片付けた。

「じゃあ、鍵も頼む」

「了解」

朝練もしているが、夕方の練習もしないと落ち着かない。

関東大会に一年生を連れて行けるか、という問題もあるが、何より自分がちゃんと引けないと意味がない。

薄暗くなってきた屋上で矢を放つ。的中音が辺りに響き渡る。薄闇が覆い始めた屋上で、的の白さだけがぼんやり浮き上がって見えていた。


翌日、上級生だけで朝練をしていると、青田先生が現れた。

「昨日の件で打ち合わせしたい」

楓はぴんと来たが、賢人やカンナたちは「なんのことだろう？」という顔をしている。

「昨日、新入部員の体力測定の結果をもとに、選抜選手を決めた」

「選抜選手って？」

「六月の関東大会に連れて行く選手のことです。同じ月にあるインターハイ予選にも出てもらうことになります」

「どういうことですか？」

事情を知らない賢人が尋ねた。

「関東大会の本選は五人立ちなんです。真田、山田、矢口ともう二人選手がいる。ひとりは笹原が出るにしても、ひとりは新入部員から抜擢《ばってき》しなければならない」

楓とカンナ、善美以外は驚いた顔をしている。

「えっ、私が関東大会出場ですか？」

真帆が驚いて大声を出す。朝練に一年生はいないが、二年の真帆は参加していた。

「そう。東京代表として出るからには三人ではみっともないし、成績も残せない」

「無理無理無理無理。私、始めたばかりだし、安土に矢が届かないこともあるのに、いきなり関東大会なんて荷が重すぎます」

真帆は両手を振って、全身で拒否の態度を表す。

「関東大会まであと二ヵ月弱ある。それまで特訓すれば、なんとかなると思う。笹原さんはセンスあると思うし」

さらっと真帆をおだてる青田。

「ごめん、真帆。真帆が出てくれないと、私たちも関東大会を辞退しなきゃいけなくなる。真帆が上達するように私たちも協力するから」

楓が懇願する。

「そうは言っても、私は一度も試合に出たことないし」

「試合馴れは必要だね。本番前にどこかの学校と練習試合を組んでみるよ」

「中らなくてもいいよ。とにかく参加さえしてくれれば」

青田とカンナもそう言って真帆を説得する。

「中らなくてもいいなんて言われると、それも複雑。私じゃなくてもいいみたい」

「ごめん、そんなつもりじゃなかった」

カンナが謝ると、ぼそっと賢人が言う。

「関東大会なんて出ようと思っても出られる試合じゃない。俺は真帆がうらやましいよ」

その声ははっとするほど真摯《しんし》な響きがあった。真帆は賢人の目をまっすぐ見て尋ねた。

「高坂くんも、私が試合に出た方がいいと思う？」

「うん。出た方がいい」

「そう」

数秒真帆は考えて、おもむろに口を開く。

「わかりました。じゃあ関東大会目指して頑張ります。でも、その前に一度は試合に出られるようにして下さいね」

「もちろん。練習試合を組んでみるよ」

青田は力強く請《う》け合った。

「よかったー。私たちも協力するから、頑張ろうね」

「ほんと助かる。真帆、よろしくね」

カンナは真帆の手を両手で握って、ぶんぶんと上下に振った。

「笹原さん、基本は出来ているから、とにかく矢数を増やそう。僕もなるべく笹原さんを見るようにするから」

「よろしくお願いします」

「それで、残りの一名を決めるために、選抜選手を男女三名ずつ決めて、ほかの一年生とは別に特訓したい」

「女子だけじゃなく、男子もですか？」

ミッチーが尋ねる。

「そうだ。関東大会本選の一週間後にはインターハイ予選があるからね。こちらは予選から五人立ちと決まっている」

高校弓道で全国規模の大会はふたつ。全国高等学校総合体育大会弓道競技大会すなわちインターハイと、年末にある全国高等学校弓道選抜大会つまり全国選抜のふたつ。インターハイは弓道だけでなく、おもだった運動系の部活の大会すべてが同時に行われる。ゆえに規模も大きく、知名度も高い。高校運動部のハイライトとも言える大会だ。

「インターハイか。それは出たいなあ」

カズが呑気な口調で言う。内心楓はショックだった。

インターハイは各都道府県一校しか代表に選ばれない。今回東京都のトップの三校に入ったのだから、三人立ちならあるいは、と思っていた。でも五人立ちじゃ勝ち目はない。予選通過も無理だ。

「年末の弓道選抜の方は予選も全国大会でも三人立ちだけど、インターハイは予選から五人立ち。やっぱり五人で出たいだろう？」

「出たいです」

賢人は即答だ。最初から賢人は「全国大会を目指す」と言って弓道部を立ち上げたのだ。インターハイ出場は彼の夢でもある。

「二年生にはインターハイのチャンスは二回ある。今年は上位入賞は無理でも来年を目指して、今から五人立ちに慣れておくといいと思う」

二年ならインターハイだけでなく、秋の全国選抜の予選にも出ることができる。去年何もわからず出て、私たちがあっさり敗退した試合だ。あれは三人立ちだった。

あれが最初で最後の全国選抜だったんだな。

楓は寂しい気持ちになった。ようやく部活らしくなってきたと思ったら、もう私には終わりが見えている。五人立ちのインターハイ予選で勝ち残れるとは思えないから、この関東大会が最初で最後の大きな大会になるだろう。

やっぱり関東大会には何が何でも出場したい。

「それで、一年生の選抜メンバーだが、男子は渡辺、菅野《すがの》、土井《どい》。女子は間島と桂と遠藤で考えている。矢口さん、薄井くんはどう思う？」

「それでいいと思います」

「妥当な人選だと思う」

　楓もミッチーも賛同する。昨日見ていた限りでは、名前の挙がった一年生が他より優れているように見えた。

「それで、選抜メンバーはほかの一年生とは別の練習をさせるんですか？」

　ミッチーが尋ねた。

「そうだな。本番まであと二ヵ月もないし、その前に練習試合も組むとなったら、すぐに特訓するしかないね」

「だけど、それで本当に試合に出られるレベルになるんでしょうか？」

「だから、候補を三人選んでいる。関東大会には実質あと一名いればいい。三人いれば、誰かは恥ずかしくないレベルにもっていけると思う」

　青田の発言は自信に満ちている。それを聞くと、なんとかなるかな、と思わせるような説得力がある。

「今日にも一年生にこの話をしたいと思うが、どうだろう」

「あの、もう少し先にできませんか？」

　さすがに強引すぎる、と楓は思う。それで言わずにはいられなかった。

「昨日入部した子たちはまだ射法八節という言葉さえ知りません。弓をどう扱うかも知らないし、カケをひとりで着けることもおぼつかない。その段階で選抜メンバーと言われても混乱するのではないかと思います」

「なるほど。確かに基本のきの字くらいは教えてからというわけか。それはその通りだね。それで、どれくらい時間が欲しい？」

「せめて来週いっぱい時間があれば」

「いや、それでは時間が掛かり過ぎる。今週いっぱいでなんとかしてほしい」

「今週いっぱいですか？」

「選抜メンバーは一刻も早く一人前にしたい。関東大会までの日数を考えると、すぐにも始めたいくらいなんだよ」

そう言われると嫌とは言えない。

「わかりました」

「じゃあ、とりあえず今週は通常の練習で。よろしく頼む」

それで話は終わった。

後片付けをしながら、ミッチーが楓に聞く。

「ほんとにこれでうまくいくと思う？」

「え？　まあ、やるしかないね。関東大会は出場すると決めてしまったし」

「一年生が納得するかな。僕が一年だったら、入ったばかりで力の差もわからないのに、選抜とそうでない子とに分けられるのは嫌だと思う」

ミッチーの言う通りだ。やり方が強引すぎる。

「それはそうだけどね……」

だったら、今からでも出場を辞退しろ、ということなのか。

だが、ミッチーはそれ以上は言わず、畳の的を外す作業に集中している。楓は的を集めて、階段の踊り場に運ぶ。軽いはずの的が、なぜか妙に重く感じられた。

9

その週の終わり、金曜日の練習後、楓が帰宅しようと三年生の通用口を出たところで、一年生の女子が近づいて来た。選抜候補の芽衣だ。楓は善美と一緒だ。家が近いので、帰りはいつも一緒の電車に乗るのだ。

「あの、ちょっといいですか？」

「何か用？」

「部長にお話があります」

嫌な予感がした。でも、部長と名指しされているので、逃げるわけにはいかない。

「先に行っていて」

一緒にいた善美に声を掛ける。善美は怪訝な顔をしたが、わかった、とうなずいた。善美がその場から去ると、楓は芽衣に向き合った。

「話って何？」

「ちょっとこっちに来て下さい」

芽衣に案内されて中庭に行くと、楓はあっ、と声を上げそうになった。弓道部の一年女子が固まって立っている。おそらく一四人全員いるだろう。

「これはどういうこと？」

「あの、私たち先輩に聞きたいことがあったんです。先生じゃ聞きづらいから」

私が部長だから、なのか。

一年生の視線が自分に集まっている。その視線は優しいものではない。

まるでつるし上げみたいだ。

「噂で聞いたんですけど……」

芽衣が深刻な顔で口を開く。

「一年生から選抜メンバーを選んで、関東大会に出すって本当でしょうか？」

　やっぱりその事か。楓は内心舌打ちをする。できれば青田先生に聞いてほしかった。

「誰がそんなことを？」

「いま一年生の間で噂になっています。ほんとに、そんなこと、あるんでしょうか？」

　楓は言葉に詰まった。なんと返事をすればいいのだろう。

「やっぱり本当なんですね？」

　芽衣の声は冷ややかだ。ほかのみんなの視線も刺すように鋭い。

　どうせ来週には話さなければいけないことだ。ごまかしはできない。楓は肚《はら》を括《くく》った。

「いろんな可能性を検討しているのは事実だよ。事情を話すと、関東大会予選団体戦の出場選手は三人一組。それで二位に行けた。だけど、大会本選は五人立ちなの。それでどうしたらいいか検討している」

　楓はとつとつと言葉を選びながらしゃべる。

「関東大会を辞退することも考えた。だけど、周りがこれだけ盛り上がっていると、もはや自分たちだけの問題ではないし」

垂れ幕、屋上に雨除けのテントを張る、夏の合宿の費用も出る。全部そのおかげだ。

「なので新一年生から誰かを選んで出場させる、ということを考えている」

「それは、誰を？」

芽衣ではなく、ほかの女子が尋ねた。

「誰かはまだ決めていない。青田先生は三人くらい選んで特訓し、その中のひとりを出場させると考えている」

「なぜ三人なんですか？　全員をある期間しごいて、その後で誰かを選ぶのではダメなんですか？」

「それはそうね。その通りだと思う。もし時間があるなら、そうすべきだと思う。だけど……」

全員を特訓するには時間がなさすぎる。

「ふつうは弓道を始めてから三ヵ月くらいは的前には立たず、ゴム弓や巻藁で練習を重ねる。そうしないと弓道に必要な筋肉が育たないし、いい加減な射型で引いたら、事故の元だからね。夏休みから的前で、というのが高校弓道では一般的。私自身は地元の弓道会で習ったけど、やはり的前に立たせてもらうまでには三ヵ月くらい掛かった。でも、それでよかったと思っている。ゆっくり確実に身に着くことってあるからね」

楓は集まった一年生たちの顔を見る。みんな楓の言うことを一言も聞き逃すまい、というような真面目な顔をしている。

「だけど、関東大会は二ヵ月もない。その間に少なくとも的に届くくらいにはなってほしい。そういう素質がありそうな人の中から選んで特別に指導しないと、とても間に合わない。正直選ばれる三人はたいへんだと思う。朝練や土曜の練習にも出てもらわなきゃいけないし、いろんなプレッシャーも掛かってくる。だから、全員に強制はできない」

「でも、選ばれた人たちは特訓して上手くなるのに、ほかの人達はどうでもいいってことですか？」

質問したのは芽衣だ。喧嘩腰《けんかごし》な話し方だ。

「それは違う！　ちゃんと手順を踏んで的前に立てるようになったら、ほかのみんなも追いつけるように、責任を持って面倒をみる。たった二ヵ月だもの。追いつけないことはない」

一年生たちは、ほんとうだろうか、というまなざしで楓を見ている。

「大丈夫、夏休みから始めた子たちでも、秋の大会で活躍することはできる。ほとんどの高校はそうやって練習してるけど、それで結果を出す一年生もいる。今回選ばれなかったからって、それで終わる訳じゃない。弓道は本当に自分次第だから」

楓は一年生の顔をひとりひとりゆっくり見回した。

自分の背が高くてよかった、と楓は思った。もし背が低かったら、みんなに見下ろされる形になっただろう。そうなったら気迫負けする気がする。

「うちの弓道部はできたばかりで、足らないところもたくさんある。だけど、これから少しずつよくなると思うし、よくしていきたい。今回のことはイレギュラーだけどこれを乗り越えればきっとうまくいく。だから、お願い、あなたたちの力も貸してほしいの」

自分でも不思議なほど、いろんな言葉が口から出て来た。こんなふうに一生懸命誰かを説得したことって、いままであったっけ？

でも、やるしかない。みんなに納得してほしいのだ。

「どうか、お願いします」

楓はその場で深く頭を下げた。

一年生は困惑しているようだ。誰も何も言わない。ぴんと張り詰めた空気が流れている。楓は頭を下げ続ける。

「もう話は終わった？」

ふいに声がした。楓は頭を上げる。善美だった。

「そろそろ正門が閉まる。話が終わったなら、帰ろう」

緊張を破る一言だった。一年生の空気が緩んだ。

「先輩の気持ちはわかりました。遅くまでお引止めして、すみませんでした」

それまで黙っていた葵が、しっかりした口調で言った。元水泳部で、選抜候補にも入っている子だ。

「でも……」

芽衣は不満そうだ。葵は続ける。

「先輩から聞きたいことは聞いた。これ以上は自分たちひとりひとりで考えることだと思う」

場がざわついた。みんなそれぞれに思うことを話し始めた。

「じゃあ、帰ろう」

善美は楓の腕を摑《つか》み、正門へと歩き出す。楓は助かった、と思う。

「じゃあ、また週明けに」

「お疲れさまでした」

葵が言うと、ほかの何人かも復唱した。芽衣は憮然《ぶぜん》とした顔で立っていた。

翌日の土曜日の練習は、二年生以上の部員しか集まらない。新入生は的前に立てるようになるまでは、朝練も土曜日の練習もやらない事になっている。

「おはよう！」

楓が屋上に着くと、既にほかの部員は集まっていた。

「おはよう」

「おはよう」

おなじみのみんなの顔を見て、楓はほっとした。

「あー、なんか落ち着くわ」

「どうしたの？　なんかあった？」

ミッチーが尋ねる。

「昨日ね、一年生に呼び出されてさ、選抜メンバーってほんとかって問い詰められちゃった」

「一年生全部？」

「いや、女子だけ。たぶん女子は全員いたと思うけど」

「わあ、それはキツいね」

「一応、なぜ選抜メンバーをやるのか説明したし、今は過渡期だからって話したけど、納得してくれたかなあ」

「なんのこと？」

楓とミッチーが話しているところに、賢人が加わった。

「昨日、一年女子に呼び出されて、選抜メンバーってほんとか、って聞かれちゃった。いったいどこから情報漏れたんだろう」

「あ」

賢人がしまった、という顔をする。

「賢人がしゃべったの？」

「いや、誰もいないと思って、更衣室でカズとこの件を話していたんだ。そしたら奥の方に一年の子がいてさ。彼ら、普通に挨拶して帰ったから、聞こえてないかと思ったんだけど」

そんなはずはないだろう、と楓は思う。賢人はともかくカズの声はかなり大きい。さほど広くもない更衣室全部に、会話の内容は響き渡っていたに違いない。

「あー、もう賢人のバカ。おかげで一年女子たちに詰問《きつもん》されたよ。ほんとなら青田先生が引き受ける役目なのに」

「ごめん。本当にごめん」

賢人は真顔で頭を下げた。

「なになに、なんのこと?」

カズが口を挟んできた。

「いいからお前も楓に謝れ」

そう言って賢人がカズの頭を下に押す。

「なんだよ、乱暴だな」

「だって、お前も悪い」

「だから、何がって聞いてるんだよ」

ふたりのやり取りを見て、思わず楓は笑ってしまった。まるで漫才のコンビのようだ。

「もういいよ。遅かれ早かれ説明はしなきゃいけなかったんだし。月曜日の説明が短くてすむ」

「ねー、なんのこと?」

カズはまだ不満げだ。

「だからさ、更衣室でしゃべったこと。あれ、一年全員に広まってたらしい」

「うわ、やべぇ」

「な、だから謝れって言ってるんだ」

そんな話をしていると、ふいに「すみません」という声がした。その声にみんなが振り向くと、そこに制服姿の芽衣が立っていた。みんないきなり真面目な顔になる。

「どうしたの？　今日の練習、一年生はお休みだけど」

楓が言うと、芽衣が首を横に振る。

「あの。お話があって」

「何？」

芽衣は賢人とカズを見る。

「できれば部長だけにお話しできれば」

「ああ、いいよ。俺ら練習に戻るから」

ふたりが的前の方に行くと、芽衣は言う。

「あの、選抜メンバーの話ですけど」

「あの話なら、昨日した通りだけど」

また蒸し返されるのはたまらない。これ以上は青田先生に聞いて欲しい。

「いえ、あの、メンバーはもう決まっているんでしょうか?」

「さあ、それは青田先生が決めることだから」

「できれば私を選んでくれませんか?」

「あなたを?」

「部員の中には、選抜なんて嫌という子もいますし、選ばれたら部を辞めると言ってる子もいます。ゆるく部活を楽しみたい子にとっては、練習時間が増えるのは面倒なんです。だけど私は」

芽衣はまっすぐ楓の顔を見た。

「私なら選抜メンバーに選ばれたら、死ぬ気で頑張ります。だから、私をメンバーに加えてください!」

楓は芽衣の真剣さに圧倒された。逆の立場だったら、絶対に言わない。

「メンバーを決めるのは私ではなく、青田先生だから」

「じゃあ、もし青田先生に聞かれたら、私を推薦してください。推薦に恥じないように頑張りますから」

楓はなんと言おうか、数秒迷った。既に芽衣は候補に入っている。だけど、いまの段階でそれは言いたくない。

「たぶん先生はもう決めていらっしゃると思う。私が何か言ってもそれが変わるとは思わないけど……」

芽衣の顔が曇《くも》る。

「でも、体力測定の結果で決められると思うので、あなたはかなりいい線行ってるんじゃないかな」

「そうでしょうか？」

「経験があることもアドバンテージだし。そう、二年の真帆だって入部したのはこの三月だけど、体育館で練習していた経験があるから、早めに的前に立たせてもらったんだよ」

「そうなんですね」

「たぶん週明けには発表があるから、それまで待って。悪いようにはならないと思うよ」

「わかりました」

芽衣は素直に引き下がった。

「練習、お邪魔してすみませんでした」

そうしてすぐに帰って行ったので、楓は大きく溜め息を吐《つ》いた。

「なんだった？」

賢人が気にして質問する。

「うん、選抜メンバーの件、教えて欲しいって。できれば自分を推薦してくれ、だって」

「へえ、すごいやる気なんだな」

感心したというより呆《あき》れたように賢人は言う。

「まあね。みんなが選抜メンバーに選ばれたいとは思っていないだろうから、やる気があるのはいいことなんだけど」

「で、なんて返事をしたの？」

「決めるのは青田先生。週明けまで待ってくれ、と言っておいた」

「だよね。ひとりだけ先に言うわけにもいかないし」

「やる気のあるのは嬉しいけど、ちょっと暑苦しい」

そう、自分が積極的なタイプじゃないからか、ぐいぐい来る子はちょっと苦手だ。

どっちにしろ彼女は選ばれるんだから、結果オーライになるんだろうけど。

「私に言っても仕方ないのに。そんな力ないし」

「そうでもないよ。一年生から見れば楓は三年生で部長だし、関東大会にも出場するすごい人なんだぜ」

からかい口調で賢人が言う。

「部長だからって、特別ってことはないし」

消去法で決まった部長だ。たまに事務的な作業はあったけど、日常ではみんなと特別差はなかった。男女でも学年でも差をつけない。そこがこの部のいいところなのに。

「気にすることはないよ。さあ練習しよう。今日は下級生を気にせず練習できる日なんだから、集中してやろうぜ」

賢人に促されて楓は的前の方へと移動する。

今日は晴れていて風もない。屋上から見える広い空には雲一つない。いい練習日よりになりそうだった。


月曜日の午後の練習時間が始まるとすぐ、青田が姿を現した。

一年生を相手に楓が射法八節のおさらいをしているところだった。

「ちょっと練習をやめて。みんなに話がある。上級生もこっちへ」

それを聞いて、みんなは青田の傍に集まってくる。なんとなく一年生は緊張している。

「まずは伝達事項。テントを付ける工事だが、五月にやってもらえることが決まった。試験期間とその前一週間は部活が休みになるから、その間に工事を進めてもらう」

「ラッキー。練習休まずにすむ」

賢人が言う。

「関東大会まで時間がないからね。練習に支障がない日にしてもらったんだ」

「先生、ＧＪ《グッジョブ》！」

カズが嬉しそうな声を上げる。

「それから合宿についても、夏休みに入ってすぐ、七月二五日から二泊三日で富士山近くの忍野《おしの》村にある宿に泊まることが決まった」

「やったー！」

「本当に行けるんですね」

それを聞いて、今度はみんなが嬉しそうな声を出した。

「景色もいいし、立派な弓道場もある。なかなかいいところだよ」

「先生、行ったことあるんですか？」

「大学の合宿で利用していた」

弓道部用の合宿所なのかな。そういうところもあるんだ。

「観光もできるんですか？」

一年の男子が質問する。

「うーん、さすがにその時間はないかな。一日中弓道三昧《ざんまい》だ」

弓道三昧、いい言葉だ。

私も行きたかったな。

「で、これも先輩たちが関東大会出場を決めてくれたおかげだ。我が校から関東大会に出場する部が出るのは五年ぶりだからね」

青田の言葉を受けて、賢人が言う。

「女子選手に拍手！」

バラバラと拍手が起こった。一年生たちは素直に手を叩く。楓は少し照れくさい。

「ただひとつ困ったことがある。関東大会の予選は矢口さん、真田さん、山田さんの三人で戦ったんだけど、六月に栃木である本選では五人立ち、つまり五人でワンチームなんだ。もう一人の二年生である笹原さんが加わっても四人しかいない。つまり選手が足りないんだ」

青田先生は話を進めるのがうまいな、と楓は思った。いきなり要件を切り出すのではなく、みんなをいい気持ちにさせてから本題に進む。

「いまさら辞退もできない。辞退したら、せっかく決まっている工事も中止になるかもしれないし、合宿も取り消しになるかもしれない。関東大会へ出場する強豪チームだからこその特別扱いだからね」

そして、選抜チームを作ることについて、みんなが同意せざるをえないように持って行く。うまい作戦だ。私もあんなふうに説明すればよかった。

「それだけは避けたい。それで先生が考えたのは、一年生から誰か出せないだろうか、ということだ」

みんな噂を知っているので、驚いた顔をしていない。楓が言ったことも、既に男子にも伝わっているだろう。

「ただ、あまりにも時間がない。本来なら一年生はしばらく弓道の基礎を練習して、夏から的前の練習を始めることになっている。いきなり的前は厳しい。肩や背中の筋肉が弓を引くのに十分な筋力があるとは限らないし、射法八節も身に着いていない。そういう状態で引いたら矢が暴発したりして危険だからね」

みんなしんと静まっている。だが、青田の説明はわかりやすい。ここまでは納得しているようだ。

「だが、いままで運動経験があれば、なかには最初から引けるだけの筋力がある子もいる。この前体力テストをしたのは、そういう子がいないか、探すためなんだ」

ごくりと誰かが唾を飲む音が聞こえるような緊張感が漂っている。

「その結果は？」

ミッチーが続きを促す。

「男女とも三人くらいはいる。女子は水泳経験のある間島葵さんは筋力があるし、体幹も強い。桂陽菜さんはバレエをやっていただけに体幹も強いし柔軟性もある。それから遠藤芽衣さんは中学時代弓道経験もあるので、既にある程度引ける。女子はこの三人を僕が指導して、関東大会に出られるようにしたい」

相変わらず場は静まり返っている。

「男子は野球部にいた渡辺くん、水泳経験のある菅野くん、土井くんだ。男子は関東大会本選には関係ないが、同じ六月にあるインターハイ予選にそのうち二人に出てもらいたい。インターハイ予選も五人立ちだからね。あとの一年生はじっくり教えて、秋の大会から試合に出られるようにと考えている」

名前を呼ばれた六人に、みんなの視線が集中する。男子三人は驚いているが嬉しそうでもある。女子の方は葵は無表情、陽菜は困惑。冷静を装っているが嬉しさを隠し切れない芽衣と、三者三様だ。

「だけど、関東大会に出られるのはひとりだけですよね？　なんで三人なんですか？」

最初に名前の挙がった葵が質問する。

「素質はあると言っても、本当に間に合うかはわからない。本人の熱意や努力も必要だからね。それに、ひとりだけではプレッシャーも強すぎる。名前を挙げた三人はお互い助け合って、切磋琢磨してほしいと思っている」

「で、名前の出なかった一年生はどうなるんですか？」

男子の一年生が尋ねた。眼鏡を掛けて、神経質そうな子だ。名前は大宮《おおみや》と言っただろうか。

「ほかのみんなは通常のペースで、ゆっくり実力をつけてほしい。七月の合宿以降は的前の練習もやれるし、夏休みに追い込んで、ほかの三人に追いつけるようにしたい」

「だけど、やっぱりその三人にアドバンテージがあるじゃないですか。ほかの一年生は三ヵ月近く後れをとることになる。高校三年のうちの三ヵ月は大きいですよ」

別の男子が不満そうに言う。

「確かにそうだが、普通の高校弓道部は夏から的前に立つのが普通なんだ。それでも、一年の秋や冬の大会で活躍する子は多い。結局のところ本人の頑張り次第。それに、予選に出られるのは一組だけじゃない。試合によっては男子も女子も六組まで出られるから、ここにいる全員が試合に出場できる。チャンスは平等にある。みんながレギュラー候補なんだよ」

みんながレギュラー。その言葉に何人かがはっとした顔をする。

ほとんどの運動部は試合に出られるのは選ばれた数人だ。それに比べると弓道部は出場人数が多い。各校六組までであれば一八人も試合に出られる計算になる。

「こういうイレギュラーな形は今回限りだ。いまは過渡期だし、関東大会に出場できるかどうかは、部の今後の在り方にも関わってくる。これで無事に出場を果たせれば、その後はこの部も軌道に乗れるだろう。だから、選ばれた六人をみんなで応援してほしい。これがうまくいくかどうかは、彼らに掛かっているんだから」

確かにそうだ。それはすごく大変なことだし、むしろ選ばれなかった方が気は楽だ。

「それに、選ばれなかったからといって、今回で終わりではない。むしろこれからが本番だ。秋の大会で結果が残せるようにみんな頑張ってほしいし、そのために私も先輩たちも協力する」

青田の説明が終わった。一年生の緊張感が消え、なんとなく受け入れる空気が漂っている。

みんな完全に納得した訳じゃないだろうけど、なんとかなりそうだ。

そう楓が思った時、「すみません」と、手が上がった。候補のひとり陽菜だ。

「あの……私には無理です。候補から外してください。二ヵ月で試合に出られるようになるとは思えないし、……そこまで必死で頑張りたくない。それに、私はみんなと一緒でいいんです。みんなで秋の大会を目指したい」

声が少し震えている。言いにくいことを、ありったけの勇気を振り絞って言った、という感じだ。

みんなと一緒がいい。その気持ちはわかる。自分だけ特別扱いされて、悪目立ちはしたくないのだ。そうなると周りから浮いてしまう。学校の部活なのだ。トップになれなくても、みんなで楽しくやれればそれでいい。

逆の立場だったら、きっと私もそう思っただろう。

「わかった。無理にとは言わない。今回は本人のやる気が大事だし」

青田はあっさり彼女の言い分を認めた。陽菜はほっとしたように表情が和らいだ。

「ほかにやめたい者は？」

ほかの五人は黙ったままだ。五人の練習は私が見る。選抜メンバーの件を受け入れた、という事だろう。

「じゃあ、五人の練習は私が見る。ほかの人たちは先輩の指示に従って」

青田に言われて一年生が動き出す。

「じゃ、みんなこっちに集まって」

みんなはぞろぞろと楓の後について来る。

「じゃあ、射法八節の続きね」

いつも通りみんなは素直に言われたことを繰り返すが、なんとなく先週までとは違う。先週までは新しいことを知る喜びとか熱気のようなものが感じられていたが、それが薄れたような気がする。

これでよかったんだろうか？

取返しのつかないことをしてしまったんじゃないだろうか？

楓は漠然とした不安を覚えて、気持ちが落ち着かなかった。

10

選抜メンバーの特訓が始まった。青田先生が直々《じきじき》に指導し、素引き、巻藁と練習をさせる。一週間後には早くも的前での練習を始めた。ほかの一年生は納得して、素直に自分たちの練習に集中しているように見えた。ところがある日のこと。

「あっちはちょっとやり方が違うんじゃないですか？」

巻藁練習の順番を待っていた一年生が、選抜メンバーの方を指差して楓に尋ねる。楓もそちらを向く。足踏みをして胴造り、矢を弦に掛ける取懸けまでは同じだが、その先が違う。矢を斜め下に向けて手の内、つまり左手の握りを整え、そのまま弓を打ち起こしている。

「あれは、斜面打ち起こしだね」

「斜面打ち起こしって？」

「私たちがやっているのは礼射系と言われる流派のやり方で、正面打ち起こしと言われる。あちらは武射系と言われる流派のやり方。どちらも正しいやり方だけど、武射系の方が実戦的だって聞いたことがある」

実は武射系の方が手の内が作りやすい。射に入るまでの時間も短くする事ができる。戦場では一刻も早く次の矢を射ることが大事だった。武射系にはその名残がある。

「どちらも正式なやり方だけど、青田先生が武射系なのでそれを教えているのね。私たちは礼射系でずっとやっているし、大会でも礼射系が一般的。武射系の学校は一割か、せいぜい二割ってとこ。慣れればどっちも変わらない。だから気にすることはないよ」

楓はそう言ったものの、正直気になっていた。試合の時、同じチームで礼射系と武射系が混じっていたら、リズムが違ってやりにくいだろう。

「でも、なんか変。あっちの方が中りやすいってことなんじゃないですか？」

「実戦的って、そういうことですよね」

一年生たちが楓に詰め寄る。

「それは違う。確かに手の内は斜面の方が作りやすいとは言われるけど、正面でもちゃんと作れていたら、中りとは関係ない。結局はちゃんと引けているかどうかだから」

「手の内が作りやすいんですか？　だったら、私もそっちがいい」

「俺も。なんかカッコいいし」

一年生が騒ぎ始めた。

「即戦力を育てるために、あっちだけ早く上達する方法を教えているってことですか？」

「納得できない。こっちとあっちに教えることに差があるなんて」

みんなが口々に騒ぎ始める。

「静かにして。みんな、落ち着いて」

楓が声を上げるが、一年生は全然聞いてない。

「やっぱりあの人たちだけ特別扱いなんだ」

「私たちにも、あのやり方を教えてください」

口々に勝手なことを言い立てる。

「ごめん。私は正面打ち起こししかやってないので、こっちしか教えられない」

楓が言うと、さらにみんな大声で不満を述べ立てる。

「えー、じゃあ、先輩も知らないような特別なことを、選抜チームだけ教えられているってことですか？」

「青田先生もずっと掛かりっきりで、こっちはまるで無視だし」

「同じ弓道部なのに、やっぱりおかしい」

一年生が口々に不満を述べ立てる。結局、選抜チームを作ったことを心底では納得していない。きっかけがあればこうして不満が表に出てくるのだ、と楓は思った。

「どうしたの？」

騒ぎに気付いた青田先生が、こちらにやってくる。

「あの、先生の方では斜面打ち起こしで教えてますね。自分たちと違うのは不公平だってみんなは言ってるんです」

楓が説明すると、青田はけろっとした顔で言う。

「それが何か問題？」

「それは……」

「どちらにしても射の一工程に過ぎない。そんなにこだわることじゃない」

ずいぶん突き放した言い方だ、と楓は思う。弓道会ではひとつひとつの動作を大事にすることを教わった。それに微妙な動作の違いで、射が変わってくる。正面を選ぶか斜面にするかは大きな問題だと思う。

「そっちでもやりたい子がいれば斜面でやればいいのに」

「それはそうですけど、私自身は正面打ち起こししかやってないので、教えることができないんです」

「だったら、そういう子には僕が教えてもいい。これから新たに覚えるなら、正面打ち起こしにこだわることはないし」

それを聞いて、一年生たちはさらに大きな声で騒ぎ始めた。

「静かに。じゃあ、ちょっとみんな集まって」

みんなぞろぞろと青田の周りに近づいて行く。二年生三年生も練習をやめて集まった。

「いまちょっと一年生から疑問が出た。みんながやっているやり方と、選抜チームのやり方が少し違うのではないか、と。確かにそうだ。みんながやっているのは正面打ち起こしと呼ばれるやり方で、僕が教えているのは斜面打ち起こし。流派によってやり方が違うが、どちらも全日本弓道連盟が認めている正式なやり方だ。ちょっとやって見せよう。まずは正面打ち起こし」

青田は射場に行き、身体を的に垂直に向けて立った。左手には弓を、右手には矢を一本握っている。弓を身体の前に捧げ持ち、顔を的の方向に向けて足を左右に開く。

「この間ずっと視線を的の方向に向けているのが正面打ち起こしのやり方。斜面打ち起こしは違う」

もう一度執弓の姿勢で的の方に顔を向ける。そのまま左足を左方向に滑らせる。

「この後、視線を的から矢、左手《ゆんで》、弓と向けてから足元を見る。そのまま右足を開く、それから顔を正面に戻す」

そうだったんだ、と楓は思う。正面打ち起こしの時は足元を見ずに的を見たまま足を左右に開くので、なかなか均等に開けない。左右で角度が変わったり、左右の足の位置が的に対して垂直にならず、前後したりしてしまう。きれいに足を開くようになるには練習が必要だ。見ながらやれる斜面の方が、ずっと楽だ。

「この後の胴造りと取懸けはかわらない。縦線を意識してまっすぐ立ち、左膝の上に弓を載せて矢を弦に掛ける」

青田は実際にやってみせる。

「この後も違う。正面打ち起こしはここで手の内を作る。まずは虎口《ここう》とよばれる親指と人差し指の間の股の部分を弓にあて、天文筋を弓の外竹《とだけ》と言われる角に当ててから小指を親指に近づけるようにして置き、薬指と中指と小指を揃える。弓と手の間に隙間ができるくらい柔らかく持つことが大事だ。この時はまだ天文筋がぴったりくっついてなくてもかまわない。こうして腕と胴体の角度が四五度になるくらい高く打ち起こしてから、右肘を拠点に弓を的に向ける。これを大三と言うのだが、この時天文筋が弓に付いて手の内が完成する。そうしてこのまま手の内の形が変わらないようにしながら腕を左右に押し開き、狙いをつけ……矢を放つ」

弦音を響かせて矢は飛んでいくが、的よりわずかに下のところに刺さった。

「だが、斜面の場合は打ち起こす前に手の内を作ってしまう」

新しい矢を持って胴造りをし、取懸けをすると、両手を左斜め前四五度の位置にずらして弓を膝頭の上に載せた。矢は斜め下を向いている。

「ここで手の内を作る。虎口を弓にあて、天文筋を弓の外竹左角にあてて、小指の第一関節を外竹の右角にあててにぎる。それから中指人差し指も爪先が揃うように添えて、これで手の内が完成。それから手の内の形を変えないようにしながら、弓を的方向に少し押し開いてから打ち起こす」

青田は実際にやってみせる。

「見るとわかると思うが、斜面の場合は大三の形を取らない。ここからあとはどちらも同じだ。弓を左右いっぱいに開いた会の形を取り、狙いを付けて矢を発射する」

再び矢が放たれた。今度は的の真ん中に中る。心地よい的中音がする。

「どちらにもそれぞれの良さがある。正面打ち起こしの方が左右均等に引き分けるという感覚が摑みやすいように思う。離れも小手先ではなく大きな離れを作りやすい。

初心者にはやはり正面打ち起こしの方がやりやすいかもしれない」

そう思うなら、青田先生はなぜ斜面打ち起こしを教えているのだろう。

「斜面の方が昔から実戦的だと言われる。手の内も決めやすい。どちらにもいいところはあるし、的中率に差はない。僕はずっと斜面打ち起こしでやってきたし、正面の方は上《うわ》っ面《つら》でしか理解できてない。自信を持って教えられるのは斜面の方。それでこちらを教えている」

的中率に差はない。それはそうだろう。もし、どちらかの的中率が高いなら、試合ではそちらで引く人ばかりになるはずだ。

「どちらにしても、自分がどれだけ一生懸命練習するかに掛かっている。それに、今現在正面打ち起こしを教えられる人間の方が部には多いから、そちらを習った方が何かと便利だと思う。教え合うこともできるし」

だったら、正面打ち起こしで統一すればいいのに。

楓は少し恨《うら》めしい。

ほんとのところ、自分が下級生に教えられるほどちゃんと引けているのかは自信がない。上達のひとつの目安である弓返《ゆがえ》り（矢が離れる時、弦が左手の甲の方に回転すること）も、まだちゃんとできていない。

地元の弓道会では、少なくとも参段を持ってないと後輩に教えることはしない。弐段の自分はまだまだ未熟なのに。

「あの」

一年生の男子が遠慮がちに手を上げる。

「なにか？」

「だったら、僕ら一年はみんな斜面打ち起こしを習った方がよくないですか？」

「それはどうして？」

「夏からはみんな一緒に練習するんでしょ？　それなのに、やり方がばらばらなのはよくないと思う」

「いや、大学弓道の場合は、同じチームに両方いるケースもあった」

「だけど、来年後輩が入って来た時、人によって教え方が違うのは困ると思う。先輩方はいずれ引退するけど、先生はずっと残るんだから、斜面で教わった方がいいんじゃないでしょうか」

嫌なことをはっきり言うな、と楓は思った。一年生にとってはそうかもしれないが、既に正面打ち起こしで練習してきた二年生三年生は、いまさら変えられない。変えるメリットもない。

「だけど、それは今いる上級生に失礼だろう。彼らは正面打ち起こしのやり方で関東大会出場を勝ち取っている。そういう先輩方に直接教えてもらえるのはラッキーだと思うけど」

「でも、先生は大学で全国大会に出ているんですよね」

そうだった。大学の全国大会に出るのは、高校で関東大会に出るよりははるかに難しい。そういう指導者が身近にいるなら、そっちに習いたいと思うのは仕方ないことかもしれない。

「それはそうだけど……」

「僕らも青田先生に指導してもらいたいんです。なあ」

彼は振り返って同級生に質問を投げかける。

「青田先生に教えてもらいたい人ー」

男子は全員、女子もほとんどの部員が手を挙げる。これで二年三年が全員反対したとしても、部全体の多数決では負けている。

「これが僕らの要望です。よろしくお願いします」

「いや、これは先生の一存で決められることじゃない。いまの部活を作って来たのは上級生だ。上級生が嫌だと言うことを、押し付けることはできない」

青田がそう言うと、みんなの視線が一斉にこちらを向いた。カンナや賢人も自分の方を向いている。

部長である自分の判断を求められているのだ、と楓は思った。

やれやれ、いままでは部長と言ってもほとんどやることがなかったのに、新入生が入ってからは判断を迫られることが続くな。

仕方なく楓は切り出す。

「正直な話……部でのやり方を変えるというのは、まったく考えていませんでした。部のやり方は先輩から後輩に受け継がれるもの。できたばかりの部だけど、うちもそういうものだと思っていたから」

心なしか、一年生の視線が硬くなった気がした。

「だけど、やり方を大きく変えるというなら、今がチャンスというのもわかります。ただ、いまその大きな判断を即答することはできない。ほかの二年三年とも話し合って、どうするかを決めたい。少し時間を下さい」

そう言うと、楓は頭を下げた。それを見て、青田も言う。

「矢口さんの言うのはもっともだね。上級生にとっては、大きな問題になることだから、ここで即答できないのは当然だ。上級生で納得がいくまで話し合ってほしい。それでどうするか、決めることにしよう。それでいいね？」

青田は楓の方を向いて聞く。

「わかりました」

「どちらにしても、明日からテスト一週間前になるから、部活は休みになる。時間はあるから、その間にゆっくり考えてください」

青田の言葉に、上級生たちは「はい」と答えた。

「じゃあ、話はここまで。みんな練習に戻って」

その号令にしたがって、一年生は元いた場所に戻って行く。

「……じゃあ、続きね。今度はゴム弓を使って練習しよう。入口のところにある段ボールの中からゴム弓を持って来て」

楓は一年生に言うが、彼らの反応は鈍い。のろのろとめんどくさそうにゴム弓を取りに行く。

その背中を見ながら、これが彼らの気持ちの表れなんだろうな、と楓は思った。

11

翌日から部活は休みになった。せっかく覚えた事を忘れないように、と試験前の最後の練習の時、選抜メンバーにはゴム弓が渡された。二年生と三年生は、中間テストの最終日に、部室に集合して今後のことを話し合うことになった。

あの場ですぐに決められることじゃないから、時間を置くのは正しいけれど、もやもやした気持ちが長引くことになっちゃったな。

楓は溜め息を吐く。試験勉強をしていても、なんだか気持ちが落ち着かない。いままではそういう時期には地元の弓道会に練習に行った。気分転換になるからだ。いまでも弓道会の会員なので、地元の弓道場には自由に出入りできる。その日曜日、楓は弓道着に着替えて出掛けようとした。

「三年生なんでしょ。推薦もらいたいなら、定期テストも頑張らないと」

そう言って止める母に、

「わかってる。ちょっとだけ気分転換。関東大会もあるし」

そう言い残して家を出る。朝から勉強していたので、二時過ぎの今は集中力が落ちている。無理に机に座っても、はかどらないと思う。

「もし、前回より成績が落ちたら、関東大会どころじゃないからね」

母の言葉が背中に追いかけてくる。

ちゃんとわかってるから。勉強だって頑張ってるし。

楓は心の中でつぶやく。

家から歩いて五分のところにある神社の中の弓道場に行く。ここが地元弓道会の本拠地だった。休日の午後の弓道場には、七、八人の会員がいた。段持ちの会員であれば好きな時間に練習できるのだ。

楓が弓道場に着いた時、的前に三人ほど立っていた。ひとりだけ若い女性がいる。善美だ。

「善美、来てたんですね？」

楓は弓を出してきて弦を張りながら、傍にいた先輩に聞く。

「そう。さっきから見ているけど、ほんとによく中っているね」

そう語る先輩は四〇代後半の女性だが、五段を持ち、試合でも活躍している。弓道会でもエース的存在の人だ。弓道は高校時代に始めた。結婚後子育てなどで弓道を離れていたが、子どもが中学に入った四年前に再開したそうだ。

「関東大会に出るんでしょ？　あれならいい線行きそうね」

「善美は個人戦にも出ますから。個人戦なら優勝を狙えるかもしれない」

「何他人事みたいに言ってるの。あなたも団体戦に出るんでしょ？」

「ええ、まあ、そうですけど」

「弓道の試合は精神力も大事。最初から弱腰じゃ、実力も発揮できないよ。高校弓道はほとんど高校から始めた人ばかりでしょ？　そんなに大差があるわけじゃない。だから、どれだけ自分の射ができるかで結果は変わってくると思うよ」

「そうでしょうか」

「大学弓道なら、一日一〇〇射とか当たり前にこなすけど、高校はなかなかそこまではできないよね。授業もあるし」

「そうですね。うちは最近練習時間が増えて、五〇射くらいはやれるようになりました」

「それだけやってれば多い方だと思うよ。私が高校時代は、一日二〇射できればよかった。それでも指導者がよくて、そこそこ強豪校だったけど」

やはり指導者が大事なのだ。高校でスタートだから、最初に誰に教わるかは大事な事だろう。指導者が斜面打ち起こしなら、生徒もそれを習った方がいいのだろうか。

その時、「こんにちは」と、玄関の方で聞き馴れた声がした。そちらを見ると、弓道着を着た年配の男性がいた。

「白井さん！」

思わず楓は声を出す。同じ弓道会では一先輩だが、武蔵野西高校へ月に二回弓道部の指導に来てくれる。

「矢口さん、こんにちは。こっちで会うのは久しぶりですね」

「はい。実はいま試験期間中なので部活は休みなんです。それで、身体がなまりそうなので、練習に来ました」

「関東大会も近いですからね。少しでもやっておくのはいいことです。試験期間が終わったら、またそちらに伺います」

ああ、そうだ。白井さんのことを忘れていた。

もし、斜面打ち起こしを部で採用することになったら、白井さんはどうなるのだろう。もう来て下さらないのだろうか。

どちらにしても、いまの状況をお伝えした方がいいだろう。私は部長なんだし。

「白井さん、ちょっとお話したいことがあるんですが、いいでしょうか」

「いいですけど、ちょっと弓を準備するから、待ってください」

白井は和室の奥の弓置き場から弓を出し、弦を張って弓立てに置いた。そうして楓の傍に来て座った。

「さて、何の話でしょう？」

「実はうちの弓道部の顧問が代わったことはご存じでしょうか」

「田野倉先生から連絡をいただきました。青田先生という方に代わったそうですね。次に行く時にご紹介いただけることになっています」

「その青田先生のことですが」

楓はかいつまんで状況を説明した。青田が斜面打ち起こしであること。選抜メンバーにもそれで教えていること。ほかの一年生たちがそれを見て、自分たちも斜面で習いたいと言い出したこと。

「それで、どうしたらいいか困っているんです。上級生は正面打ち起こしだし、いまさら変えたくない。でも、一年生はほとんどが斜面に変えたがっている。一年生の提案を受け入れたものか、迷っているんです」

「そうでしたか」

白井は腕組みをしてしばらく考えていたが、おもむろに口を開いた。

「難しい問題ですね。学校の指導者が変わると、やり方が変わるというのは稀《まれ》にはあることです。でも、そちらの学校は正面打ち起こしで好成績を残している生徒がいるので、そのやり方を変えるというのは得策ではない」

「そうですよね。白井さんも来て下さるんだし、正面打ち起こしのままでもいいですよね」

自分たちは白井から指導を受けてきた。青田先生に教わらなくても、白井さんがいてくれればいい。

「いや、それは難しい。下級生にも白井さんと自分たちで教えればいい。

いまのところ月二回の契約で指導に伺っていますが、それもどこまで続けられるかわからない。が判断するかもしれませんし、私の健康状態がずっと良好であるかもわからない」

「そんなことは……」

白井は七〇歳くらいだが、背筋が伸びて若々しく見える。体調もよさそうだ。

「それに一年後二年後、あなた方はいなくなる。でも青田先生は残る。それを考えると、下級生については青田先生のやりやすい方法で指導した方がいいのではないですか？」

「私たちは正面のままで？」

「そうです。引退まで日にちがないし、今さら変えるメリットがない」

「学校のやり方が斜面に変わるとなると……白井さんのご指導は続けられるのでしょうか？　上級生だけのために来ていただくって、できるのでしょうか？」

「すぐにクビということはないでしょう。今年度いっぱいは指導者をやる、ということで学校とも契約してますから。それに、打ち起こし以外の部分については、私でも教えられる部分はありますし」

確かにそうだ。弓道会で本当に上手い人は、斜面でも正面でも関係なく、後輩に助言することがある。射には打ち起こし以外の要素もいろいろあるからだ。

「矢口さん真田さんの代はそれほど気にすることはないけど、二年生は難しいですね。いまからでも転向できない訳じゃないけど、それでうまくいくかはわからない。かといって変えないと、下級生たちとは違ってくる。ひとつの部としてはまとまりにくくなりますね」

それを聞いて、楓はハッとした。自分たちよりも大変なのは二年生だ。彼らが三年になった時、二年一年は全員斜面打ち起こしだとしたら、彼らは孤立してしまうかもしれない。彼らの立場はどうなるのだろう。

「どちらにしても、自分としてはどうしろとは言えません。でも、これまで関わってきたから、状況が許せば最後まであなた方の面倒をみたいと思っています。どうぞ十分に話し合って、これからのことを決めてくださいね」

「ありがとうございます」

楓は頭を下げた。射が終わった善美が、楓たちのいる和室の方に休憩を取りに来た。

「こんにちは」

楓が言うと、善美は黙って会釈をした。

「善美、何時からここにいるの？」

「一時」

「そういえば最近乙矢くんはここに来てる？」

乙矢は善美の兄で、楓にとっては弓道会の先輩にあたる。最近は弓道場で見掛けることがない。楓自身もたまにしか来ないから、すれ違っているだけかもしれないが。

「乙矢は馬の世話に行っている」

「馬の世話？」

「大学で馬術部に入った。馬に慣れたいんだって」

馬に慣れたい。

おそらく流鏑馬《やぶさめ》のための練習だろう。乙矢の通っている弓道の流派では、乗馬の訓練はしていない。西洋馬術と流鏑馬のそれは違うので、必ずしも和式馬術の上達に役立つとは限らない、という話だ。それでも、乙矢は少しでも馬に慣れて、流鏑馬に近づきたいということなのだろう。

乙矢くんは本気で流鏑馬をやるつもりだ。

それが彼にとっていいのか悪いのかわからないが、その想いは誰も止められない。

また少し乙矢が遠くに行ったようで、楓は寂しさを感じる。

楓は巻藁矢を取り、巻藁の前に立つ。横に置いてある鏡を見ながら弓を起こした。拳の位置が水平になっていることを確認し、ゆっくりと左右に引き分けていった。


「みんなそれぞれ試験期間中に考えをまとめたと思うけど、今後どうしたい？」

中間試験が終わった日、上級生は部室に集まっていた。部室はほとんど荷物置き場のようになっていて、部員全員が入ることはできないが、六、七人なら集まることができる。上級生全員が揃ったところで、楓がみんなに切り出した。

「なんかなあ。やっぱり面白くない。俺たちは俺たちのやり方で頑張ってきたのに、あとから来た青田先生に部を乗っ取られたみたいで」

カズが愚痴る。いままで自分たちで一から始めて、顧問の先生も自分たちで探してお願いしてきた。練習方法も自分たちで決めたし、白井さんに自分たちで交渉して指導者になってもらった。部を立ち上げた、という意識はみんなの中に確実にある。

「いままではさ、六人しかいなかったから、部に一体感があるっていうか、仲間意識みたいなものがあったんだけど、人数増えるとそうじゃなくなるね。……あ、ごめん、七人だった」

賢人は真帆がいることに気づいて、真帆に謝る。真帆は大丈夫ですよ、というようにうなずいてみせる。

「でも、一年生の気持ちもわからないじゃない。上手な指導者がいるなら、先輩よりもそちらにみてもらいたいっていうのが本音だと思う。それに、我々が卒業した後も部は続くから、その時混乱しない方法を考えるのも私たちの役目だし」

楓が言うと、カンナも続ける。

「ここでダメと言うと、一年生が反発しそう。希望通りにやらせた方がいいのかもしれない」

「じゃあ、一年生は斜面でやらせるってこと？　我々はどうするの？」

カズがみんなに問う。

「三年はいまさら変えることはできないけど、問題は二年生だね。あと一年以上下級生ともつきあっていくわけだから」

賢人の心配は白井さんも指摘していた。三年生は長くてあと三ヵ月、ここで射を変える必要性はない。だが、二年生はこれから一年以上部活があるし、来年度入部の生徒たちは斜面打ち起こしで最初から練習することになる。そうなると二年生だけ孤立しかねない。

「試合がもうすぐだし、いまの段階で私も射を変えることはできない。最近中りが増えてきているし、変えたからってうまくいくかわからないし」

「そりゃそうだよなー。取懸けとか手の内のやり方をちょっと変えただけでも、射全体に影響する。斜面にしたらどうなるか、保証はないしなあ」

カズの言葉に、それまで遠慮して気配を消していた真帆が、ようやく口を開く。

「私も……ようやく慣れてきたところなのに、また一からやり直すっていうのはやりたくないです。やっと地面に落ちずに安土のところまで矢が届くようになったのに」

真帆の危惧《きぐ》もわかる。ここで変えると混乱して、射がおかしくなるだろう。

「ただそうなると、立場の問題だね。やり方がばらばらで、顧問も一年生のやり方をしていて、それでは先輩として信頼されるかどうか」

ミッチーの言葉はもっともだ。先輩が先輩として立っていられるのは、それだけ経験が多くて、後輩が教わることが多いからだ。

「打ち起こしが違っても、教えられないことはないよ。弓道会の先輩にも斜面の人はいるけど、たまにアドバイスくれたりする。会とか離れのやり方がそんなに変わるわけじゃないし、打ち起こしだけが弓道のすべてじゃないから」

白井の言葉を思い出して、楓が反論する。だが、ミッチーが言う。

「うん、それはそうだけど、斜面のやり方で一年生に疑問が出た時、上級生が誰も答えられないというのもどうなのかな。青田先生が常にいるとは限らないし。それに、一年と二年の間でやり方が違うのも、部が分裂するような感じでよくないと思う」

どうしたらいいのか、みんなが考えあぐねていると、ふいに賢人が言った。

「だったら……俺が青田先生に斜面打ち起こしを教わるよ」

「えっ、でも賢人は正面で弐段を取ったんじゃない。そのままの方がいいんじゃない？」

楓は思わず言う。

「そう、俺はこれでも弐段取って二年になるからさ、ちゃんと正面打ち起こしが身に着いている。そのうえで斜面のやり方も教わって、違いを理解する。そうすれば下級生に聞かれても、ちゃんと答えられると思う」

「それで、賢人は斜面打ち起こしに転向するの？」

カンナが驚いた顔で尋ねる。

「それはわからない。やってみないと、どちらが自分に合ってるかわからないから。だけど、斜面がダメならすぐに戻せると思う」

賢人はえらいな、と楓は思った。自分自身のためというより、部の今後のために斜面も習うつもりなんだ。賢人ひとりでも斜面のことを理解していれば、一年生と完全に分裂することは避けられるだろう。だが、それは賢人自身の射の上達を妨げることになるかもしれない。

「賢人、ごめん」

楓は思わず言った。

「そういう大事な役目、ほんとは部長の私がやるべきなのに」

「いいや、女子は関東大会出場を勝ち取ったんだ。十分それで役割を果たしている。それに憧れて入部してきた子もいる。俺はせめて斜面打ち起こしを習って、一年生との間を繋ぐぐらいの事はやろうと思う。俺らで作った弓道部だからさ」

そうだった。最初に弓道部を作ろうと言ったのは、賢人自身だ。それがやっと形になってきたのに、こんなことでダメにするわけにはいかない、と思ったのだろう。

「賢人、俺も一緒に習おうか？」

賢人の言葉に刺激されたのか、カズも言い出した。

「いや、やめた方がいい。せっかくカズは調子が上がっているんだ。変えない方がいい」

「でも、もうひとりくらい習ってた方がよくない？」

「だったら、僕が習うよ」

そう言いだしたのは意外にもミッチーだった。

「でも、ミッチーは三年だし、すぐに引退じゃない」

「無茶だよ。試合だってあとひとつしかないのに。習っても無駄だし」

みんなは口々に反対する。

「そりゃ、僕が今から覚えても、そんなに意味はないかもしれない。だけど、そうやって三年生も協力しているって姿勢を見せた方が、一年生も安心するんじゃないかな。僕、みんなほど部に貢献してないから、せめて一年生との間を繋ぐ協力くらいできたらって思うんだ」

ミッチーの言葉はありがたい。でも、それはミッチー自身のためになるのだろうか。

ミッチーは笑顔で続ける。

「僕は理屈を学ぶのは得意だから、理論的な説明をする時の手助けならできそうだ。それに、もしそれで射が乱れたとしても、僕はもともとうまくないから影響は少ないし」

「そんなことないよ。俺ら、三人チームだから頑張れたんじゃないか。本選には出られなかったけど、関東大会の予選で決勝トーナメントに行けたのはこの三人だったからだし。最後の試合、インターハイ予選まで一緒に頑張ろうよ」

賢人の言葉を聞いて、楓は胸が熱くなった。去年の今頃はまだふたりは気が合わず、ぎすぎすした言葉のやり取りをしていた。この一年でこんなに変わるとは思わなかった。

ふたりとも成長したんだなあ。

「もちろんインターハイ予選は頑張るよ。試合では正面打ち起こしでやる。ただ、理屈としてどういうものかを説明できるようにしたいと思う」

「大丈夫？　受験勉強もあるのに」

「いい気分転換になるよ。それに、一年生の不満も夏の合宿までのことだと思ってる。おそらく選抜メンバーに選ばれなかった一年生は、なかなか的前に立てないことを不安に思っているんだと思う。なのでささいな事が気になったり、不満を言ったりしているんだ。的前での練習が始まったら、きっと不安も解消される。インターハイ予選が終わった段階で選抜チームは無くなるわけだし。それまでは一年生の近くにいて、フォローしてやりたいと思うんだ」

みんなは黙りこんだ。ミッチー自身のことを思えば、そんなことしなくていい、と言うべきなのだろうが、部のためにはミッチーの言う通りにしてもらうのはありがたい。

「ミッチー、いい奴だ」

ぽつんと善美が言った。それはみんなの気持ちを代弁しているようだ。

「うん、ミッチーがうちの部にいてくれて、本当によかった」

カンナが言うと、ミッチーは照れたように笑った。

賢人がミッチーの肩を抱いて「ありがとう」と言う。

「気にすることはない、これでも僕、副部長だからさ」

「だね。立派な副部長様だよ」

からかい口調でカズも言うが、そのまなざしはとても優しかった。

12

ようやく部は軌道に乗り始めた。まず選抜チームと一緒にミッチーと賢人、それに一年生も全員で斜面打ち起こしを習うと、あとはそれぞれに練習をする。選抜チーム以外の一年生は的前に立てないので、ゴム弓や巻藁で練習をさせる。

中間テストの期間中、屋上に変化があった。射場の部分と安土にあたる部分にテントが作られたのだ。運動会やキャンプなどで使われる折り畳み式の簡易的なものでなく、支柱が鉄骨になった常設タイプのものだ。多少の雨は遮れるし、日除けにもなる。練習環境としては各段によくなった。

「梅雨に間に合ってよかったね」

と、部員みんなで喜び合う。

「これも、関東大会出場のおかげだ。来年もまた出場できるように頑張ろう！」

青田が檄《げき》を飛ばす。楓とカンナと善美の三人は調子が上がっている。

「ともかく羽分《はわ》けを目指せ」

と、青田先生は言う。羽分けとは四射のうち二射が的中することだ。五人全員が羽分けすれば一〇中だ。予選突破くらいはなんとかなるかもしれない、と言うのだ。

善美だけでなくカンナと楓も練習では羽分けできるくらいの力は十分ついている。これを試合でもできるように、練習を重ねるだけだ。

だが、問題は真帆と一年生だ。真帆はまだ中りが一度もない。地面を擦ることはなくなったし、的の近くまで飛ばせるようにはなっているが、あと少しのところで的に刺さらない。

一方、一年生の葵と芽衣は的前の練習は始めているが、まだ矢所《やどころ》が定まらない。あとひと月後に本番だが、本当に間に合うのだろうか、と楓は懸念《けねん》している。

そんなある日、青田先生がニコニコしながら屋上にやってきた。土曜日なので、一年生は選抜選手しか来ていない。

「朗報だ。練習試合が決まったぞ！」

みんなは練習していた手を止めて、先生の周りに集まって来た。

「練習試合って、どことやるんですか？」

「関東大会予選の出場校四校で集まって、明治神宮の弓道場で練習試合をすることになったんだ」

「四校って、どういうことですか？」

楓が尋ねる。関東大会は予選の上位三校のはずだ。

「四校っていうのは男女優勝した都立南高校と、男子二位女子三位の西山大付属西山高校。それに女子のみ二位のうちと男子のみ三位で団体戦に出場する東条《とうじょう》学院がいるので、そういう計算になる」

「えっと、つまり女子と男子、両方の練習試合をやるってことですね？」

「そう。だから関東大会には出場しないうちの男子と東条学院の女子も、練習試合には参加できる。五人立ちの経験がうちはないから、いい練習になる」

「わ、それってプレッシャーだな。うちが男子のビリ確定じゃん！」

カズがわざと悲痛な声で嘆く。

「まあ、順位はこの際どうでもいい。試合馴れする事が大事だ。少しでも経験を積むことで、女子は関東大会本番で落ち着いてできればいいし、男子もインターハイ予選や秋の試合でいい成績が取れればいいんだから」

先生は励ましてくれるが、むしろ女子の方がプレッシャーだと楓は思う。予選は二位通過なので、練習試合でも悪くても三位を取らないと格好がつかない。東条学院の女子は予選の時には決勝トーナメント出場八校にも残らなかったから、そこに負けるわけにはいかない。

「それで、一年生は誰を出場させるつもりですか？」

ほかならぬ一年生の芽衣が聞いた。

「一年は、女子は間島、男子は菅野と土井に出てもらおうと思う」

青田先生が言うと芽衣の顔が曇った。自分の名前が呼ばれなかったからだ。その表情を見て、青田先生が言う。

「まだこの時点で選手に決定というわけじゃない。できれば選抜メンバー全員に出てほしかったが、そういうわけにはいかないので、いまの時点で選ばせてもらった。だが、遠藤たちも補欠という事で会場に来てほしい。試合の雰囲気や段取りの勉強になるから」

「わかりました」

芽衣はしぶしぶ納得したようだ。実際、芽衣より葵の方が上達は早い。既に的中も何回か経験している。

「立ち順はどうしましょう？」

楓は尋ねる。

「女子は大前が善美、二的がカンナ、三的に葵、落ち前に真帆、落ちに楓。男子の方は」

青田先生が男子の順番を読み上げる。大前にカズ、二的にミッチー、三的と落ち前が一年で落ちは賢人という順番だ。

それを聞きながら、楓はぼんやり思う。

五人立ちの落ちか。

そうなると、またテンポが変わるな。

「日にちは来週の日曜日。それまでに一年生は試合の段取りを覚えるように練習をしよう。じゃあ、五人立ちで練習をしてみようか。まずは女子から」

青田の指示に従って楓は射位に着いた。メンバーが変わって五人で立つ光景は、それまで馴染んだ三人立ちより、よそよそしいものに感じられた。


練習試合当日はいまにも雨が降り出しそうな、どんよりした曇り空だった。だが湿度は高く、弓道着では暑いくらいだ。梅雨入りはまだなのに、梅雨の湿気が感じられる。

明治神宮の弓道場に着くと、既にほかの学校は揃っており、準備を始めていた。公式の試合ではないので、選手以外の各学校の弓道部員も駆り出され、矢取りや看的やアナウンスの手伝いもする。

先に男子の試合が行われる。その間、女子の選手たちは二階の控室で待機している。それぞれの学校の選手たちで固まり、ほかの学校とは離れた場所に座る。いつもの試合の時よりは人数が少ないので、広い控室がより広く見える。

「練習試合って言うけど、結構本格的ですね」

真帆は自信なさげにあたりを見回す。

「本番なら射場のすぐ外に控えのスペースが作られて、そこで待機するけど、今回そこまではやってない。そんなに緊張しなくて大丈夫だよ」

楓は真帆を励ます。

「でも、座射《ざしゃ》でやるのは初めてだし、うまくできるかな」

「大丈夫。迷ったら前に立つカンナのやり方を真似《まね》すればいいんだから。それに作法を多少間違ったからといって、減点されないから大丈夫だよ」

「それならいいんですけど……」

それでも真帆は困惑した表情だ。一方、一年生の葵の方は慌てず騒がず黙って座っている。善美と同じくらい静かだ。

「葵は平気みたいね」

「そう見えますか？」

「うん。落ち着いている」

緊張している様子も焦っている感じもない。普段からあまりはしゃいだりして感情を表に出す方ではない。善美ほどではないが、表情に乏《とぼ》しい。

「昔水泳でたまに試合には出ていましたから、そのおかげかも」

「水泳の選手だったの？」

「スイミングクラブに所属していました。なので、シーズンごとに何か大会とかありましたから」

「とりあえず弓を準備しよう」

楓がみんなを促す。自分の弓を準備しながら、楓は葵と真帆を観察する。

葵は黙ったまま弓を取りだし、弦を張る。落ち着いた態度だ。一方真帆は緊張しているせいか、一度で弦を張ることができない。何度か本弭《もとはず》に弦輪《つるわ》を引っ掛け損ねて、四度目くらいでやっと弦を張る。真帆と葵と、どちらが上級生かわからない。

「練習試合なんだから、成績は関係ない。試合の手順を覚えることと、場馴れすることと。それが目的だからね」

楓は昨日から何度も伝えたことを、また繰り返す。カンナも口をそろえる。

「私も、試合で緊張して震えたりしたこともあるけど、終わってみればあっという間だから」

「えっ、カンナさんでも震えるんですか？」

怯《おび》えた声で真帆が言う。励ますつもりで言ったことが、逆に緊張させてしまったらしい。

「大丈夫、それでもちゃんとカンナは中りを出したから。緊張してても何とかなるものよ」

楓がそう励ましていると、他校の生徒が傍を通りかかった。

「こんにちは」

さわやかな声の主は都立南高校の牧野栞だ。同じチームの人たちと、弓を持って移動している。

「こんにちは」

楓が軽く会釈をすると、栞は立ち止まった。

「会えて嬉しいですね。練習試合だけど、お互い頑張りましょう」

「はい。よろしくお願いします」

「善美さんも。個人戦の方もよろしく」

栞はそれだけ言うとすぐに歩き去った。善美は黙ったままその姿を見送る。

「いまのは？」

「都立南のエース牧野栞さん。個人戦予選でも一位になった人だよ」

「つまり、東京の女子のトップってこと」

楓とカンナが説明すると、真帆は驚いた顔になる。

「えっ、そんなすごい人と、先輩たちは親しく口をきけるんですね」

「別にそんな。同じ高校生だし。それを言ったら、善美だって東京女子で三位だよ」

「そういえばそうでしたね。みんなすごい。私、場違いですね」

「だから、順位は気にしない。今日は練習試合なんだから」

楓はそう言って励ますが、真帆の手は小刻みに震えている。

「真帆、腹式呼吸しよう」

楓が真帆に言う。

「腹式呼吸？」

「丹田つまりおへその裏側辺りに空気を吸い込むつもりで、鼻から息を大きく吸うの。こうやって」

楓がやってみせると真帆も真似する。

「それを鼻から吐き出す。これを繰り返すの」

　楓自身も見本を見せるように呼吸する。真帆も真似して呼吸を繰り返す。

「あのね、こうすると少し落ち着くでしょ。私も初めて試合に出て緊張した時、善美がこうすればいいって教えてくれた。緊張すると呼吸が浅くなるから、それでかえって緊張感が増すんだって。だから、意識的に深く呼吸するといいんだよ」

「はあ」

「それに、呼吸に意識を向けるとよけいなことを考えずに済むでしょ」

「あ、それは確かに」

「だから、私も射場に立つ直前まで深い呼吸をしている」

「そうなんですね。私もやってみます」

　真帆は少し落ち着いたようだ。一生懸命呼吸をしている。

「女子のみなさん、射場に集まってください」

　号令が掛かった。

「さあ、行かなきゃ」

　楓たちは弓と矢と弦巻を持って、階下の射場へと向かった。

　練習試合ではあるが、最初の予選は五人がそれぞれ四射して、各学校の射の合計を出す。その結果で順位を一位から四位まで決めて、一位と四位、二位と三位でトーナメントを行う。その後決勝戦を行う。三位決定戦は行わず、予選とトーナメント一回戦の的中数で順位を決める。予選は立射つまり終始立って射を行い、決勝トーナメントは座射、つまり射をする前に座って矢を弦に番《つが》えてから立つやり方で行射《ぎょうしゃ》する。

これは関東大会のやり方の縮小版らしい。

まずは男子の予選。予想通り、南校が一位、武蔵野西高校は六中でダントツ最下位だ。男子に続いて女子の試合が始まる。

まずは都立南高と東条学院が行射をする。楓たちは射場の後方のパイプ椅子に待機している。

目の前で二校の行射が繰り広げられる。都立南高校は圧巻だ。五人立ちになっても、選手に穴がない。落ちの牧野栞と大前の選手のふたりが図抜けていて皆中するが、ほかの三人も多く中りを出している。

それにテンポがいい。一人目が引き分けに入ると、次の選手が打ち起こしをする。一人目が放つと同時に二人目が引き分けに入る。三人目が打ち起こしする。そのリズムがずっと続いている。誰も戸惑ったり、もたついたりしない。中りよりも楓はそこに見惚れてしまう。

結果は二〇射して一五中だ。五人立ちの試合は楓も初めてだが、この成績なら関東大会でも上位に行けるだろう。

一方の東条学院は皆中こそなかったものの、三中がふたり、合計で一一中だ。

五人立ちなら、やっぱり二桁《ふたけた》は欲しいところだな。

楓はぼんやり思う。全員が羽分けすれば一〇中にはなるし。

それに、善美のような選手がいれば、さらに加算されていく。

でも、いまの私たちには、それも難しい。

都立南校と東条学院が退出して、楓たち武蔵野西高校と西山大付属西山高校がそれぞれ射位に着く。

楓はすぐ前の真帆の背中が目に入る。背中が丸く猫背になっている。

だめ、せめて背筋は伸ばさないと。

声を掛けたいところだが、それは許されない。心の中で『真帆、落ち着いて』と唱えるだけだ。

猫背のせいか、真帆の打ち起こしは低い。それに十分引き切らないうちに矢を離してしまう。矢は地面を擦った。

真帆はがっかりしたようにうなだれる。

声を掛けたい衝動に駆られるが、楓はすぐに自分を取り戻す。

ダメダメ、真帆に気を取られている場合じゃない。

楓は打ち起こしの姿勢で深く息を吸い、吐き出した。

落ち着け、誰がどんな射をしても自分は自分。

いつもより引き分けに時間をかけ、会の姿勢を長く取る。そうして矢を放つ。的中音がする。だが、続けざまに音がした。善美の射だ。的に中る快音ではなく、安土に突き刺さる鈍い音だ。

しまった、私が長く時間を取ったので、善美のペースを崩してしまった。

楓も一気に緊張感に襲われる。

落ち着かなきゃ。ちゃんとペースを守らなきゃ。

そう思えば思うほど自分の射から遠ざかる。終わってみれば中りは最初の一中だけだった。

善美は、二射目以外は的中させ、合計で三中。カンナが二中で、葵と真帆は中りなし。武蔵野西高校は合計で六中。相手の西山高校は一二中。予選の結果は南高校、西山高校、東条学院、武蔵野西高校の順になる。

射場から退出すると、決勝トーナメントの入場を待つムサニの男子チームがいた。

「どうだった？」

「全然ダメ。そっちは頑張ってよ」

賢人の問いにそれだけ答えると、楓たちは控室の方に向かった。

楓たちが控室の出入り口に着いた時、ちょうど中から西山高校の神崎瑠以が出てくるところだった。

「こんにちは」

それだけ言って楓が室内に入ろうとすると、瑠以が「ちょっと」と楓を呼び止めた。何か話したいようだ。「先に行って」とほかの人達に促すと、楓は瑠以の方に向き直った。

「なんでしょうか？」

「あの、聞きたいんだけど、そちら一年生が混じっているってほんと？」

「誰がそれを？」

「噂になっていた。ムサニは一年生を関東大会に連れて行くって」

出場前から広まっていたのか。どこから伝わったのだろう？　もしかして先生方の間で噂になっていたのだろうか。

「はい、二年以上だけではメンバーが足りなくてひとり一年がいます」

「そうなんだ。そういえばうちに来た時には女子は三人しかいなかったしね」

「あの時点ではそうでした。その後いまの二年生がもうひとり増えて、この春から入った一年生の中からひとり入りました」

「うん、すぐわかった。落ち前の子でしょ。矢が二回擦っていたからね。関東大会に出るんならあの子、もっと特訓した方がいいよ」

それは一年じゃなく二年生の真帆だ、と思ったが、何も言わなかった。

「ありがとう。彼女初めての試合だったのであがってしまったけど、いつもはちゃんと引けています。本番までには落ち着いてできるように鍛えます」

「ぜひそうして。あなた方も東京代表なんだから、みっともない射はさせないで」

悪気はないのかもしれないが、ぐさっとくる言葉だ。忠告とも脅しとも聞こえる。

「じゃあ」

それだけ言うと、瑠以は廊下に出て行った。

練習試合の結果は南高校、西山高校、東条学院、武蔵野西高校の順番だった。トーナメント戦では善美が皆中したものの楓とカンナが二中で合計八中。予選よりはよいものの、他校はみな二桁に乗せているので、残念な結果と言えるだろう。

一方男子の方も四位だったが、最後は一〇中したのだから、大健闘と言っていい。

一年生のふたりにも、それぞれ中りが出ている。

帰りの道中も男子はみんな元気だったが、女子の方が沈んでいる。葵は普段通りだが、真帆の方がひどく落ち込んでいる。

「ごめんなさい。私がもう少し頑張れば」

しきりに謝っている。

「大丈夫。今日は本番の雰囲気がわかればそれでいいんだから。それにここで大失敗をしておけば、本番はもっとうまくいくって」

「そうそう。今日の失敗は明日の成功だよ」

同じ二年生の仲間が一生懸命慰めている。だがその言葉も耳に入らないくらい真帆はうなだれていた。

こんな感じで大丈夫かな。

『あなた方も東京代表なんだから、みっともない射はさせないで』

瑠以の言葉が蘇る。

東京代表ということは、選ばれなかった東条学院やそのほかの学校の想いも背負っているということだ。

我々はそれにふさわしいのだろうか。

その想いは楓の胸いっぱいに広がった。振り払おうとしたが、どんよりとした雨雲のように広がったまま、なかなか去ってくれなかった。

13

翌日、部活に行こうと教室を出たところで、楓は真帆に呼び止められた。真帆は廊下で楓が出て来るのを待っていたらしい。

「あの、お話があるんです」

真帆は思いつめたような目をしている。ああ、やっぱり、と楓は思った。

「いいよ。じゃあ、中庭に行こうか」

廊下には人が多く行き来する。立ち話するのにふさわしくない。中庭にはベンチがあり、人もほとんどいない。聞かれたくない話をするのには都合がいい。

上履《うわば》きを靴に履《は》き替え、中庭に出ると、予想通り人はほとんどいない。奥のベンチにカップルが一組いるくらいだが、離れているし、自分たちの世界に浸っている。こちらの話には関心ないだろう。

ベンチに並んで座ると、楓は真帆に尋ねる。

「話って何？　昨日のこと？」

「はい。あの……自分がみっともなくて、恥ずかしくて。それで思ったんです。私を……選手から外してもらえないかって」

やっぱりそうきたか、と楓は思った。昨日の意気消沈した様子から、そういうことも言い出しかねないと思ったのだ。

「私じゃなくても、芽衣だっていいと思うし」

「でも、芽衣よりはあなたの方が上手いと思うよ。射型も綺麗だし。二ヵ月の差はちゃんとある」

「だけど……昨日はあんなだったし」

「私、後ろから見ていたけど、緊張でがちがちになっていたね。背中が丸くなっていたの、気が付いた？」

「いえ、それどころじゃなくて」

「引きも小さくなっていたし。いつもの真帆の射じゃなかった。矢が擦ったのはただの結果。自分の射ができていないことが問題」

「で、でも、いつも通りに引けたとしても、私じゃ中らないし。全然選手にふさわしくない」

「ふさわしいって、じゃあほかの一年生ならふさわしいと思う？　芽衣なら試合で結果を出せると思う？」

「それは……」

真帆は口ごもった。芽衣も真帆もそんなに力に差はない。

「私も最初、考えたの。やっぱり出場を辞退すべきなのかな、って。三人しか選手がいないから五人では無理かなって。でも、それも悔しい。だって、正々堂々と勝ち取った資格なんだもん。東京の団体女子で二番目に強い三人なんだもん。なんであきらめなきゃいけないのかな。私たちがダメっていうなら、予選のルール自体がおかしいと思う」

そうなのだ。昨日からずっともやもやしていたのだ。私たちは実力で勝ち取ったのだ。後ろ指を指される覚えはない。

東京代表としてみっともないかどうか、なんて誰が決めるんだ。

「あなたや選抜のふたりには、プレッシャーが掛かってしまって申し訳ないと思っている。でも、前向きに考えて。ふつうなら出られない大会に、始めて半年も経たないのに出られるって、すごくラッキーじゃない？　あなたは強運の持ち主なんだよ」

真帆は目を丸くする。楓が言ったことよりも、いつもの楓らしからぬ口調に驚いたのかもしれない。

「強運？　あんなにみっともない射をしたのに？」

「いいよ、そんなこと。どうせ練習試合だし」

「で、でも、本番はもっとあがるかもしれないし」

「あがったらどうなる？　矢が審判員の席にでも飛んで行くの？」

「さすがにそこまでは」

「ね、せいぜい幕打ちか擦るか、その程度でしょ。ちゃんと的の方に向かって飛ぶんだから、いいじゃない。誰に迷惑をかけるわけでもないし」

「それはそうですけど」

「私、思ったの。いいところを見せようと思うから人はあがるんじゃないかって。自分の実力なんてこんなもん。中ったら丸儲けって思えばいいんじゃないかな」

「中ったら丸儲けですか」

真帆の表情が少し和らいだ。

「それにね、いま真帆が降りるのは簡単だよ。芽衣なら喜んで替わると言うだろうね。だけど、それって真帆自身にとってよくないことだと思う。せっかくのチャンスだったのに怖くて自分から逃げた、そういう事になるから」

「そんなことないです。私、先輩たちに迷惑を掛けるといけないと思うから、だから」

「本当かな？　試合でカッコ悪いところを見せたくない。だから出たくないってことでしょう？」

真帆はぎょっとした顔になった。

自分でも驚くほどきつい言葉が出てくる、と楓は思う。

「あのね。私たちだって試合は怖い。ドキドキするし、緊張もする。カンナだって関東大会の出場が掛かった試合では、矢が取れないほど震えていた。でも逃げようとはしない。弓道をやっていたら、そういう場面はよくあることだから。だけど、それを乗り越えることで自分が一歩前に進める」

そうだ。だから試合で緊張することだって意味があることなんだ。

楓は真帆に、というより自分に言い聞かせている。

「だからね、真帆もその緊張を乗り越えたら、自分を誇れるんじゃないかな。入部して半年で関東大会に出たって、すごくカッコいいことじゃない」

真帆は黙っている。

「ね、だから逃げないで。本番でどんな射をしても私たちはあなたを責めない。立っていてくれるだけで嬉しい。あなたがいるから、私たちもその場に立てるんだから」

「先輩……」

「この話はここまで。私たちだけの話にしよう。もう一度よく考えてみて。それでも真帆が降りるというなら仕方ない。私も言うべきことは言ったと思うし。だけど、どっちにしても弓道部は辞めないで。それだけはお願い。……さあ、練習に行こう」

それだけ言うと、楓はさっさと歩き出した。

言い過ぎたのかもしれない。もしかしたら、真帆は慰めてほしかっただけかもしれない。

もうちょっと穏やかな言い方もあったかもしれない。

でも仕方ない。あれが私の本音なんだもん。

ふと、楓は立ち止まった。

あれ、私キャラが変わったかな？　以前はもっと気を遣ってしゃべっていたのに。相手がどう思うかをもっと考えていたのに。

すると、笑いが込み上げて来た。

もしかしたら、たのっちとつきあいすぎて、影響されちゃったかな。それはちょっとヤバいな。

深刻な話をしたばかりなのに、それを思うと足取りが軽くなった。更衣室までの通路を、小走りで楓は進んで行った。

その後、真帆はいつも通りに練習場に現れた。普段通りの顔で練習をしている。私の言ったことが、少しは響いたのかな。

楓はそう思ったが、何も聞かないことにした。楓の方も普段通りのやり方で真帆や一年生の相手をする。

だが、練習試合を経て、善美とカンナは確実に変わった。いっそう練習に熱が入る。

善美は星的の練習も始めた。関東大会の個人戦の射詰では、五射目から直径二四センチの星的を使うことを知ったからだ。最初はやりにくそうだったが、少しずつ慣れてきて、通常の的と変わらないくらい中てられるようになった。

楓自身も気合が入る。

たとえ得点源が善美とカンナと自分だけだとしても、試合を投げたりしない。少しでもいい成績が取れるように精一杯やる。

平日は最低でも五〇射、土曜日は八〇射以上と決めて練習をする。日曜日には弓道場に出掛けて練習をする。その成果はちゃんと表れ、中りの数も増えてきた。調子のいい時は、五割から六割は的中できるようになっている。カンナの調子も上がっている。

一方で真帆や葵、芽衣も上手くなっている。矢所が定まってきたし、たまに中りも出るようになってきた。ことに葵は一割から二割の確率で中っている。最初に私が試合に出た時より、葵は中っているかもしれない。

楓はひそかに舌を巻く。やはり青田先生の見立てた通りだ。これなら少しは爪痕《つめあと》が残せるかもしれない。

楓は手ごたえを感じ始めてきた。

そうして試合まであと一週間と迫ったある日、青田が全員を集めた。部員は青田を取り巻くように立つ。

「関東大会の選手を発表する」

楓は選抜メンバーの顔を見る。芽衣は緊張して顔が強張《こわば》っているが、真帆と葵は普段とそれほど変わらない。

「大前は真田善美、二的山田カンナ、三的笹原真帆、落ち前間島葵、落ちは矢口楓。補欠に遠藤芽衣」

発表を聞いて、芽衣はあからさまに失望した顔をした。真帆は安堵したような表情をして、葵は普段と変わらない。

練習試合と同じメンバーだが、真帆と葵の順番を替えている。

「質問、いいですか？」

楓が手を挙げる。

「何か？」

「三的と落ち前を入れ替えたのはどうしてでしょう？」

「テンポの問題だ。葵が斜面なので、どうしてもテンポが変わる。それで真帆がやりにくそうだったから入れ替えた。カンナに合わせる方がやりやすいだろう」

もっともだと思うが、それでは自分がやりにくい。でも、三年なんだからなんとかしろ、ということなのだろう。

「この立ち順で練習して、チームとしてのテンポに慣れてほしい」

「わかりました」

「選ばれたメンバーはいまから体調を整え、当日ベストな体調になるように備えること」

「応援は行ってもいいんでしょうか？」

賢人が聞く。

「会場は栃木だぞ。それも宇都宮《うつのみや》の中心からは外れている。公式練習もあるから我々は前乗りするけど、試合当日に来ようとしたら、よほど早く出なきゃダメだぞ」

「わかってまーす。電車の時間も調べています。個人戦の女子には間に合わせます」

「無理はしないで。強制じゃないから、行きたい人だけ行くように。それに、事故にはくれぐれも気をつけて」

「もちろんです。俺ら男子も来年のシミュレーションだと思って、しっかり観察します」

賢人の話を聞いて、一年生もざわめいている。当日行くとか行けないとか、しゃべっている。

「あの」

芽衣が挙手をする。

「何か？」

「私、納得いかないんですけど。四月から私も一緒に練習してきました。朝練や土曜日の練習にも毎回必ず参加しました。真帆さんや葵さんと比べてそんなに劣るとも思えません。どういう基準で私が外されたんでしょう？」

芽衣の声は震えている。だが、言わずにはいられない、という感情があふれている。

「真帆さんは二年生だから選ばれたんでしょうか？　本番はあまり強くないのに」

ざわめいていた部員たちが静まった。みんな刺すような厳しい目で芽衣を見ている。

そこまで言うのは言い過ぎだし、自分勝手だ。

先輩に対して失礼だ。自分を買いかぶりすぎじゃないのか。

そんなにまでして選手になりたいのか。

言葉には出さないが、みんながそう思っているのは明白だ。

芽衣は自分から言いだしたのに、泣き出さんばかりの顔をしている。

「芽衣、そういう言い方はよくないよ」

沈黙を破って注意したのは葵だった。

「そんなことというと、ますますみんなに嫌われるよ」

「嫌われてもいい。私、弓道続けたいし」

ふたりの会話を聞いて、楓が質問する。

「それ、どういうこと？」

「芽衣には選手になりたい理由があるんです。芽衣のお父さまがとても厳しい人で、弓道部に入るのも反対だったんです。どうせ才能ないだろうから、やっても仕方ないって。その反対を押し切って芽衣は弓道部に入った。だから、結果を出したいんです。関東大会に出場することができれば、認めてくれるだろうと芽衣は思っているんです」

「葵、そこまで言わなくても」

芽衣が困ったような顔で言う。ざわめきが広がる。

「だから、選考の基準がわからないままに落とされたのは納得がいかないのだと思います。私自身も、どうしてこういう結果になったのか、よくわかりません。水泳をやっていた時は、選手を選ぶ時にはちゃんとタイムを計って、速い人から出場していましたから」

ざわめきはますます大きくなる。芽衣が言ったことにも驚いたが、その芽衣を葵がかばうとはみんな思ってもみなかったのだ。

楓もびっくりした。教師の決めたことに逆らうというのは勇気がいる。自分はそういうことはしたことがない。

しかし、青田は落ち着いている。

「それは、確かにそうだね。僕がひとりで勝手に決めるというのもよくないことだった」

楓はさらに驚いた。そんなふうに認める教師はなかなかいない。

「だったら、みんなにもわかるように、実力で決めよう」

「どういうことですか？」

「これから三人で競射をしよう。それで、先に的中させたふたりが代表ということでどうだろう？」

「それはどうなんですか？　みんなそこまで中っていないし。一〇射とか二〇射することになるかもしれない」

楓が抗議する。競射が成り立つのは、ある程度中りが出せる選手たちの場合だ。葵はともかく真帆と芽衣はまだ的中率は一割もない。それで競射は無理だと思う。

「そうかもしれないし、そうでないかもしれない。確かに三人に大きな差はない。だからここで競射して、先に中てることができるとしたら、実力よりも運の力が大きいだろう。試合においては運も大事だ。運のいい方を選手として連れて行く」

楓はひやっとした。

すごく冷静というか、三人に対して優しさがない。運のいい方ということは、裏を返せば誰でもいいと言ってるようなものだ。

「じゃあ、それでやります」

葵の言葉に促されたように、真帆も言う。

「私もそれでいいです」

真帆は落ち着いた顔をしている。自分でいいのかと葛藤《かっとう》していたから、ここで決着をつけたいと思ったのだろう。

「じゃあ、私も」

言い出しっぺの芽衣が、いちばんおどおどしている。

「それぞれ矢を四本持って、射位について」

促されて三人は射位につく。真帆が大前、中に芽衣、落ちに葵の順だ。部員は全員練習をやめて遠巻きにそれを見守る。

「じゃあ、一射目」

正面打ち起こしでゆっくりと真帆が弓を引く。的の二時の辺りにわずかに外れた。

続いて芽衣も外し、葵も外した。

「二射目」

やはり全員が外す。

「三射目」

三射目も的中はない。

これはきついな、と楓は思う。いつまで掛かるかわからない。しかも、部員全員に見られているのだ。嫌でも緊張が高まる。

その時、楓はハッとした。

青田先生は運と言ったけど、もしかしたらこの状況でも耐えられる辛抱強さを試しているのかもしれない。

「四射目」

ここに来て葵が的の真ん中近くに的中させた。

「葵はここまで。四人目の選手に決定する」

パチパチと拍手が起こる。葵は嬉しさを押し殺すような平静な表情で、ぺこりとお辞儀をして射位から下がる。

「残りの矢を渡して」

青田の指示に従い、楓はすぐ傍にあった矢立てから矢を引き抜き、真帆と芽衣それぞれに矢を手渡した。

「ありがとうございます」

真帆は落ち着いている。楓はちょっと安心する。次に芽衣に手渡す。芽衣に近づいてハッとした。芽衣は汗をだらだら流している。そしてお礼を言うゆとりもないような切羽詰まった顔で矢を受け取った。

「では、五射目」

ふたりとも五射目も外した。六射目が終わったところで矢取りをして、また七射目、八射目と続けられる。

みんなの視線がふたりに集中している。試合並みの緊張感が漂っている。

九射目、一〇射目、一一射目。

中りはしないが、ふたりともよく頑張っている。この状況で乱れることもなく、自分の射に集中しているのはたいしたものだ、と楓は感心する。

次の一二射目に動きがあった。芽衣が放った矢がガシャっと音を立てたのだ。

「ちょっとストップ。誰か観に行って、ついでに矢取りもお願いしたい」

「では、私が行きます」

「僕も」

楓とミッチーが安土のところまで行き、矢の状況を確かめる。矢は的の木枠の外側を射抜いていた。

ミッチーが両手でばってんを作って射場の青田に合図する。

ああ、と溜め息のようなどよめきが響く。

残りの矢を的の周囲の畳から引き抜き、矢拭きで拭きながら射場に戻る。真帆と芽衣に手渡す。ふたりに「頑張って」と声を掛けたい気分だったが、試合同様それはできない。ふたりは受け取った矢を自分の前の床に置いた。

「一三射目」

再びガシャっと音がした。今度は真帆の方だ。芽衣の放った矢は大きく後ろに外れている。

再び楓とミッチーが的のところに向かう。

真帆の矢は的の内側ぎりぎりに突き刺さっていた。

今度はミッチーと楓がそれぞれ腕で大きな輪を作った。

わっ、と歓声が上がる。

「真帆的中。したがって五人目の選手は真帆に決定」

パチパチと大きな拍手が起こった。真帆は嬉しいというより安堵したような表情だ。一方芽衣はショックを受けたような、いまにも泣きそうな顔をしてうなだれている。

楓たちが射場の方に戻ると、青田が言う。

「見ていればわかるように、真帆と芽衣の差はほんのわずか。どっちが勝ってもおかしくなかった。ちょっとだけ真帆の運が上回ったということ」

青田の言葉に、真帆自身が大きくうなずいている。

「それでも約束だから、試合には真帆に出てもらう。それでいいね？」

芽衣はうなだれたまま、小さくうなずいた。

「本当は芽衣にも試合に出てもらいたい。彼女も上級生に交じって朝練、土曜日の練習を続けてきた。一年生のみんなが休んでいる間も、一度もサボらず頑張った。だけど五人と決まっていることだから、誰かを落とさなければならない。……芽衣」

青田に呼ばれて、うつむいていた芽衣が顔を上げた。

「頑張って来たことは無駄にはならない。いずれ芽衣はいい選手になると思う。それに関東大会には葵と真帆に出てもらうけど、関東大会の一週間後のインターハイ予選には芽衣に出てもらいたいと思うけど、どうだろう？」

「いいと思います」

そう答えたのは真帆だ。芽衣が驚いたように真帆を見る。

「私は正直入部してすぐに関東大会なんてプレッシャーだし、恥をかいたらみっとももないと思っていた。出るのは嫌だと思っていた。……だけど、競射をしてよかった。すごく緊張したけど、芽衣も緊張しているのがわかった。だから、最後まで頑張れた」

その気持ちは楓にもわかる気がした。衆人環視の中で弓を引くのはしんどい。終わりの見えない競射ではなおさらそうだ。

そんな中で唯一支えになるのは、観客ではなく共に射場に立つ仲間だ。結果を競い合う相手だとしても、ひとりじゃないから緊張感を途切らせることなく続けられたのだ。

「私も芽衣も真剣にやって、それでも運は私に味方した。こんなにも出たいと思っている芽衣ではなく、自分が出られるというのは、何か意味があるんだろう。逃げたらダメだ、と思った。……芽衣のためにも」

「真帆さん……」

「だから、芽衣はインターハイ予選を頑張って。お互い、後悔しないように頑張ろう」

真帆の言葉を聞いて、芽衣の目はみるみるうるんだ。

「ありがとう、真帆さん。それに……さっきは失礼なこと言って、ごめんなさい」

「うん、いいよ」

その言葉に、場の緊張がほぐれた。ふたりを見守るみんなの視線が温かい。

「ごめんなさい、本当に」

芽衣の目からぽろぽろぽろ涙がこぼれている。その肩を、葵が励ますようにぽんぽん、と軽く叩いた。

「じゃあ、そういうことでいいね。ほかのみんなは秋の大会に向けて頑張ろう。その時はみんなが選手だから」

「はい！」

青田の言葉に、一年生たちが大きな声で返事をした。部がひとつになった瞬間だ。よかった。

これでようやく関東大会に集中できる。みんなで頑張れる。

緊張した空気がほぐれ、辺りには優しい空気が流れている。楓もほっとして大きな息を吐いていた。

14

関東大会は毎年開催場所が変わる。今年は栃木県宇都宮市だ。楓は一度家族で日光に旅行した事はあるが、それ以外訪れたことはない。金曜日の早朝に出発し、新宿《しんじゅく》から湘南新宿ラインに乗り換えて二時間ほどで宇都宮に着く。金曜日は平日で授業もあるので、この日は選手五人と補欠の芽衣、それに引率は青田先生。幸い新宿駅で全員座ることができた。

「ねえ、誰かミントキャンディ食べる?」

カンナから、お菓子が回ってくる。ミントの中にチョコレートが詰まっているタイプのものだ。

「私、グミ持ってますけど、欲しい方」

真帆がみんなに聞く。まるで遠足気分だ。

「こらこら、車内なんだから、食べるのはいい加減にしろよ」

青田が注意をする。

「たのっちも来られればよかったのにね」

楓が隣に座った善美に言う。善美も黙ってうなずく。

田野倉は進路指導で忙しく、ほとんど弓道部に顔を見せない。関東大会に行く前日には顔を出して、自分たちを激励してくれるかと思ったけど、それもなかった。まるで関係ない人のようだ。

来週は三年生全員の進路相談の面談がある。その準備で忙しいのだとはわかっているが、ちょっと寂しい。

駅から宿に直行する。宿ではすぐに部屋に通された。宿は和室で三人一部屋なので、善美とカンナと楓で一室、それ以外の三人で一室使うことになった。そこで弓道着に着替えると、弓と矢と少しの荷物を持って宿のマイクロバスで会場に向かう。

宇都宮の中心地からバスで三〇分ほど。思っていたより遠い。郊外なので家はまばらで走っている車も少ない。ずっと緑の田畑が続いている。そんな中に突然スタジアムが現れ、その裏手の方に目的の武道館があった。マイクロバスを降りて武道館の入口に向かうと、既に選手や関係者が到着しており、忙し気にロビーを歩いている。受付には制服の高校生がいて、青田が学校名を告げると、人数分の名札を渡してくれる。

「選手の控室は二階です」

案内係もやはり高校生だ。地元の高校弓道部の生徒が、運営を手伝っているのだ。この日の開会式は四時から。出場チームはそれに間に合えばよいのだが、その前に公式練習がある。それに参加するために楓たちは早めに来たのだ。

「公式練習は実際の会場を使って行うから、見ておいた方がいい」

青田が言った意味が、会場に着いてわかった。これまで参加した試合は明治神宮にしろ東京武道館にしろ、ふつうの弓道場だった。だが、ここは普段柔道や剣道などに使われている広いスペースの床に緑のシートを敷きつめ、壁際にグレーのボードを張り、そこに的を並べた臨時の弓道場だ。幅も弓道場より広く、的と的の間もゆったり取ってある。だが、圧倒されるのは、二階の四方が観客席になっていること。観客が試合の様子を上から見下ろす形になるのだ。

「いまは観客席に人がいないが、試合になると人で埋まる。特に準決勝、決勝となると人がぎっしり詰めて、拍手や声援の声も大きくなる。そういう中でいかに自分の射ができるかが明暗を分ける」

楓は武道館の内部を見回す。天井は梁《はり》が剝《む》き出しになっているが、木が使われているので美しく映える。観客席の木の色と調和して、美しい武道館だと思う。観客席の間に張られた「第○回　関東高等学校弓道大会」という幕にも誇らしい気持ちになる。ここで弓を引けるのは素敵な体験だ。

だが、観客席から声援が送られたら、下にいる私たちに降り注ぐ形になる。それを気にせずに射ができるだろうか。いままで静かなところでしか引いたことがないのに。

「当日は射場の横に審判席が置かれている。あちらには運営の関係者、あちらの方にマスコミやスカウトの席が作られる」

「スカウトって？」

「大学弓道部が有望な選手を探してスカウトするんだ」

射場の脇に、テーブルを並べて一〇人ほど座れるような席が作られている。

「弓道でもスカウトってあるんですか？」

カンナが尋ねる。

「もちろん。私立でスポーツに力を入れている大学は、高校生の大きな大会にはスカウトが偵察に来る」

「まあ、うちみたいな弱小校は関係ないですね」

「うん。大学で弓道部に入るかどうか、わからないし」

楓が言うと、カンナが驚いて聞き返す。

「えっ、そうなんですか？」

「学校にもよるだろうけど、スポーツ系が強い大学の体育会って厳しいって聞くから。あんまり厳しいのは嫌だな。弓道だけなら地元の弓道会で続けられるし、そちらの方がマイペースでできるからいいかも」

それが本音だ。楓の目指す西北大学も部活に力を入れており、弓道もかなり強いらしい。それこそスカウトで集められた人も多いんじゃないだろうか。そんな中で自分がやっていけるかどうかはわからない。

「そろそろ我々の番だ。射場に行こう」

青田に促されて、楓たちは弓を持って移動した。

開会式が終わって宿に戻ると、五時半を過ぎている。夕食は七時からなので少し時間がある。

「先輩、お風呂行きますか？」

弾んだ声でカンナに誘われる。宿には大浴場があるのだ。

「いや、夕食後にするよ」

そうして、座卓の上に持って来た英語の問題集を広げる。それを見て、善美も同じ

ように数学の問題集を広げた。それを見たカンナは気を利かせて、

「私、隣に行ってますね」

と、部屋を出て行った。隣室は一年二年だけなので気楽だろう。気を遣わせて申し訳ないと楓は思うが、ふたりとも三年なのだ。試合が終わった翌週には三者面談が控えている。


金曜日は授業を休むことになると知って、母の顔は曇った。

「試合が土曜日なら、授業終わってから行けばいいのに」

それももっともだと思う。だが、金曜日の公式練習に間に合わせるには、東京を早朝に出なければならない。公式練習なしで試合に臨むのは、さすがにやりたくない。そう言って母を説得したものの、自分でも授業を休むのは気が引ける。それで勉強道具も持って来ている。


気休めかもしれないけど、少しでもやらないよりましだ。

「受験生であることを忘れないでね」

その母の言葉が頭の中に残っている。楓はノートを開き、問題集の答えを書き始めた。向かい側に座っている善美は問題集に直接答えを書いている。しんとした部屋で、ふたりは黙々と問題を解いていた。

翌日は朝の八時から会場だ。朝いちばんに男女の個人戦の予選と準決勝があり、その後男女の団体戦の予選がある。なかなか忙しいスケジュールだ。関東一都七県、各地区から個人は五名ずつ、団体は二四組で競う。個人戦に出場する善美は青田先生と早めに出たが、楓たちは女子の個人戦に合わせて九時半頃に会場に着いた。出場者がもらえるパスを使って関係者入口から入館すると、既にロビーは出場選手でごった返している。個人戦への出場者の集合場所の辺りに善美をみつけ、楓は声を掛けた。

「善美、頑張ってね。上で見ているから」

善美はわかった、というようにうなずいた。その表情がさえない気がして、楓はなんとなく気になる。二階に向かって歩きながら、隣を歩くカンナに言う。

「なんか善美、元気なかったね」

「そうですか？　普段と同じに見えましたけど。いつもあんまりしゃべらないし」

ああ、そうかもしれない。自分はずっと善美の近くにいたから、黙っていてもなんとなく善美の状態がわかるようになっているのかもしれない。

二階の観覧席はまだ予選だからなのか、空席が目立つ。楓たちは射場の上座の側で席を探した。前から二番目に二席、三番目に三席前後して空いている場所をみつけ、そこに座った。楓とカンナが前列、真帆、葵、芽衣が後列だ。そこはちょうど選手の真横辺りで、はっきりと選手の表情が見られる。

射場では既に男子個人戦の予選が始まっている。一度に第一射場と第二射場、各五人ずつで射を競っている。それぞれ四射ずつ引き、三中以上した者が準決勝進出となるという。

東京予選でも思ったけど、高校弓道の大会は団体戦が中心なんだな。朝いちばん、たった四射で決まるのであれば、実力を発揮できないままで終わる人もいるだろうな。

的中表示板を見る。○が多いが、中には×が三つ続いている選手もいる。それぞれの地区の精鋭たちだから、本来はもっと的中させられるはずだ。緊張しているのだろう。

パンフレットを見ると、×が連続三つなのは東京代表の選手だった。同じ東京代表として応援したい。楓は心の中で『頑張れ』と唱える。するとそれに応えるかのように、その選手は最後の一射を的中させた。「よしっ」という歓声があちこちでまばらに起こる。選手はほっとしたような顔で退場する。続いてその後ろの選手が的中させると、「よしっ」という大歓声が響き、大きな拍手が起こった。皆中だったようだ。

パンフレットを確認すると、その選手は地元栃木の選手だ。

弓道では原則声援はなし。唯一許されるのは的中した時の「よしっ」とか「しゃーっ」という掛け声くらいだ。それに皆中した時の拍手。そのため自分たちの応援している選手が的中すると、応援団はここぞとばかりに「よーしっ」と大声を出して存在を主張する。

予選では応援もなかったけど、この雰囲気にのまれないようにしないとダメなんだな。応援の多い地元の方が断然有利だ。東京からは応援も少ないし。

試合は粛々《しゆくしゆく》と進む。あっという間に男子が終わり、休憩もなく女子が入場してくる。

ほかの競技なら、ここで『頑張れー』とか歓声が起こるんだろうな。

「楓」

ふいに名前を呼ばれて通路の方を向くと、そこには田野倉がいた。その後ろに数人の男女が立っている。

「おとうさん、それにおかあさんも」

思わず楓は声を上げる。両親が試合を見に来るとは、まったく聞いていなかった。

楓の試合にはさほど興味がないのか、と思っていた。昨日家を出る時にも、そんなことは一言も言ってなかったのに。

「ふふ、びっくりした？」

父も母も笑っている。

「関東大会なんて滅多に出られる試合じゃないし、絶対見た方がいいって大翔《はると》にも言われたのよ。大翔の方は自分の部活があるので来られなかったけど」

大翔はこの春から私立の高校に入学した。大翔はそこのサッカー部でレギュラーを目指している。サッカーの強豪校なので競争は激しいそうだ。姉の試合で休むわけにはいかないのだろう。

「今日は頑張れよ」

父が右手で小さくガッツポーズをしながら言う。ちょっと恥ずかしいけど、わざわざ両親が来てくれたのは嬉しい。楓も微笑んで同じポーズを取る。

「善美の出場はこれから？」

田野倉が楓に聞く。

「はい。善美は次のグループなので、もうすぐです」

「よかった、間に合ったようです。じゃあ、それぞれ空いた席に座ってください」

田野倉が後ろに続く数人に言う。田野倉は東京から保護者を引率してきたらしい。

その中に善美の母の姿もある。楓の母は空色のポロシャツにデニムだが、善美の母親は紺色のレースのトップスにベージュのパンツスタイルだ。きちんと化粧もしているし、善美と姉妹かと思うほど若々しい。

保護者たちはそれぞれ後ろの方に空いた席をみつけて座った。保護者は七人いる。楓の両親もいちばん後列に並んで座った。楓と目が合うと、にこにこと手を振っている。

「わ、なんかプレッシャー」

「いいじゃないですか。来てくれるなら」

「カンナのご両親は？」

「来ていません。父は出張だし、母も仕事で忙しいので」

素っ気なくカンナは言う。カンナの母はインテリアコーディネーターとして活躍しているキャリア・ウーマンだと言う。

「うちの両親も来ています。全然活躍できないから、来なくていいって言ったのに」

真帆がぼやく。ありがた迷惑という顔だ。

「うちもです。母だけですけど。昔から私の試合となると必ず来ていたので、今日も来るんじゃないかと思っていました」

葵は当たり前という顔をしている。葵は中学まで水泳をやっていたと聞いたが、試合にもよく出ていたらしい。

「えっと、そうするとあとは善美のおかあさんがいて、あとひとりいるのは誰？」

もうひとり、きちんとジャケットにネクタイをした男性が、みんなと少し離れたところに座っている。

「うちの父です。こういうことには熱心だから。私は補欠だし、出るチャンスはない、と言ったんですけどね」

芽衣が溜め息交じりに言う。あれが娘の部活にも口を出すという父親か。なるほど厳格そうな感じがする。

「もう試合が始まる。俺は下の方で見ているから、後でな」

そう言い残して、田野倉は去って行く。首から関係者用のパスを下げている。

最初のグループの射が始まった。大前には、練習試合で見た都立南高校の選手がいる。南校で牧野の次に上手い選手だ。

大前で審判員席のすぐ前だから、プレッシャーだろうな。同じ東京の選手だし、頑張ってほしい。

そう思って、楓は南高校の選手に注目している。だが、関東大会のプレッシャーなのか、審判員席の前だからなのか、調子が出ない。一射目こそぎりぎりで的中したが、その後の三射は外してしまう。ボードに中って、ぼよんというしまりのない音が聞こえる。

予選突破の条件は三中だから、彼女はここで終わりだ。残念だろうな。練習試合の時なら、軽く三中くらいはしていたのに。

ふと楓は眼下の席で、熱心に試合を見ている一群の人たちに気が付いた。大きなカメラを持って撮影しているのは新聞社の人だろう。地元のテレビ局のカメラも二台入っている。席に座って熱心にメモを取っている人もいるが、悠然と選手を眺め、時々隣席の人と会話している人もいる。よく見ると、その机には小さな三脚にスマホが置かれている。スマホのカメラで試合を撮影しているらしい。

あれがスカウトなのかな。どこの大学なんだろう。

「あれ、善美さんですよね」

隣のカンナに言われて、楓は視線を射場の方に戻す。次のグループが入場している。手前の射場の前から三番目に善美がいる。いつも通りの無表情だ。

「うん、大丈夫、善美は集中してるね」

選手たちの後ろには替えの矢と弦巻を持った顧問の先生方が続き、射場に入ると彼らはパイプ椅子に座る。緊張した面持ちの青田先生の姿も見える。

選手たちは四本の矢を持って入場し、射位に着くと矢を足元に置いた。善美は弓道会で習った作法通り矢を二本足元に置き、二本持って立つが、多くの選手は一本だけ取って三本は足元に置く。そちらの方が引きやすいからだ。

そういう細かい所が気になるんだよね。弓道会で作法をきっちり教えられているから。どうせなら正しい所作でやった方が気持ちいい。

善美はいつも通りのゆったりした作法で弓を引く。

五人立ちで引いているけど、団体戦のチームで引く時に生まれる調和みたいなものは、感じられないんだろうな。それぞれ個人で勝負だから。

各地の精鋭たちが集まっているのに、思ったより三中する選手は少ない。この四射だけで決めなければならないというプレッシャーからか、五人いるうち三中以上するのは、ひとりかふたりくらいだ。

個人戦だからかもしれない。それとも始まったばかりで、まだ選手が会場の雰囲気を摑んでいないからなんだろうか。

会場では相変わらず的中すると「よしっ」とか「しゃー」と声が掛かるし、皆中すると大きな拍手が起こる。

嫌でもほかの選手の好調さが伝わるから、選手は嫌だろうな。

弓道は本来、どんな時でも動じずに射ができることが大事だとされているから、あの歓声の中でもちゃんと引ける人が勝つ、というのは正しいことかもしれない。

でも、善美は大丈夫。周りの状況に振り回されないのがいいところだから。

そう思いつつ、楓はドキドキしている。ささいなことで射が乱れるのを知っているからだ。

一射目は外れる。

ドンマイ。

楓は心の中で言う。

その願いが届いたのか、二射目は的中。

「よしっ！」

どこかから声がする。楓もカンナも掛け声慣れしていないので、出遅れる。

次も中てたら、ちゃんと言わなきゃ。

三射目。的中。

「よし」

まだ照れもあり、うまく発声できない。

四射目も的中。

「やった、これで準決勝ね」

よしという掛け声より、思わずそんな言葉が出る。

善美は淡々とした表情で残身の姿勢から弓倒《ゆだお》しをし、執弓の姿勢になって退場する。

「善美に会いに行こう」

楓とカンナは席から立ち上がった。座席の脇の階段を上がって、通路を小走りで進んだところで、知った顔にばったり会う。

「賢人、それに乙矢くんも。来てくれたんだ」

賢人も乙矢もデニム姿だ。乙矢はストライプのシャツを着ていて、清潔感がある。やっぱりイケメンだな。

楓はひそかに思う。

善美も美少女だけど、あまり似ていない。善美は母親にそっくりだけど、乙矢はおそらく父親似なのだろう。

「そりゃ来るよ。関東大会は女子の晴れ舞台だもん。もうすぐ着くって、さっき車の中からＬＩＮＥしたけど？」

「気づかなかった。ほかのみんなは？」

「あっちの方に座っている」

賢人が差した方には、カズとミッチーが観覧席のいちばん前に並んで座っている。一年生の姿はない。

「乙矢くんも、よく来てくれたね」

乙矢は妹の善美が個人、団体と両方に出場している。だから応援に来たとしても不思議ではない。

「乙矢が車出してくれてさ、みんなで乗せてもらったんだ」

「乙矢くん、免許取ったんだ」

「うん、この春休みにね。だからいまは車に乗りたくて仕方ない。それで賢人たちを誘ったんだ」

乙矢は大学生だ。楓より二歳年上なので、今年は大学二年。免許を取っていてもおかしくない。

「じゃあ、取ったばかりってこと？　大丈夫だった？」

「乙矢の運転、上手だったよ。二〇年運転しているうちのおかんより、ずっと上手い」

「いまから善美に会いに行くけど、一緒に行く？」

隣にいたカンナが賢人に尋ねる。

「いや、俺ら、パス持ってないから」

ああ、そうだった。自分たちは試合に出場する側だ。だからパスを持って選手のいる場所まで行けるけど、一般の観客はそちらに立ち入ることはできない。

「じゃあ、また後で」

「善美に、俺らみんなで応援しているから、頑張れって伝えて」

「わかった」

楓とカンナはそれだけ言うと、関係者専用の階段から一階の方に急ぐ。一階のロビーはひと試合終わった選手と、これから試合に向かう選手とでごった返している。

混雑の中から善美を探す。

ふと、楓は知った顔を見た気がして、思わず目を見張る。

右手の先に髪を後ろに束ね、凜々《りり》しくハチマキを付けた選手がいる。眉が濃く、それに負けないくらい目が大きくて、睫毛も長い。何より色が抜けるように白いのが印象的だ。

女優みたいに綺麗な人。だけど、誰かに似ている。

そうだ、乙矢くんだ！

それを思いついた時、楓はドキッとした。

乙矢も男としては優し気な顔立ちだが、それを女性にしたらまさにこの顔だ。妹の善美よりはるかに似ている。

どういうこと？　他人のそら似？

ハチマキの少女はこれから出場するのか、選手の待機場の方に歩いて行く。背中から見ると頭が小さく、手足が長く、スタイルがいい。そういうところも乙矢に似ている。

まさか、生き別れの兄妹ってことはないよね。

「先輩、どうかしましたか？」

隣にいるカンナに声を掛けられて、楓は現実に引き戻される。

「知り合いがいたような気がして」

楓は咄嗟《とっさ》にごまかす。なんとなく、あの少女のことは言ってはいけない気がした。

「弓道の関係者？」

「ううん。こんなところに知り合いがいるはずないから、きっと他人のそら似だね」

「あっちの柱の方に青田先生がいます。きっと善美さんもいますよ」

「うん、じゃあ、行ってみよう」

楓はカンナについて青田の方に歩いて行くが、こころの中ではハチマキの少女がずっと気になっていた。


善美を激励してから自分の席に戻ると、既に男子の準決勝が始まっている。準決勝も四射して、三中したら勝ち残りとなる。

淡々と試合は進み、女子の番になる。出場した四〇人の女子選手のうち、準決勝に進めたのは一二人。三分の一ほどだ。東京代表で残っているのは善美と都立南高校の牧野栞だけ。

ということは、西山高校の神崎瑠以さんは予選落ちだったんだ。

あんなに上手なのに、厳しいな。

弓道に絶対はない。ほんのささいなことで的中は変わる。たった四射して三中するのは、実力だけじゃなく、運も必要だ。選手として善美と瑠以とどちらが優れているかなんて、たった四射では計れない。善美の方に運があったのだろう。

準決勝を競う女子が入場して来た。善美は今度は後ろの射場なので、楓たちの座っている場所からは少し遠い。

用意していた双眼鏡を出して、善美の方を見る。

「あっ」

「どうしました？」

「いや、なんでもない。ちょっと双眼鏡が見にくくて」

咄嗟に楓はごまかした。双眼鏡のレンズに映ったのは、さきほどのハチマキの美少女だった。善美は第二射場の落ちだが、そのすぐ前に立っている。

レンズを通して見ても、やっぱり乙矢に似ている。他人のそら似とは言い切れないくらいだ。神奈川《かながわ》にある私立の名門啓徳《けいとく》大学付属高校の選手らしい。パンフレットで名前を確かめる。

三峰《みつみね》奏楽
奏楽がなんと読むのかわからない。きらきらネームという感じでもないし、女性名にしては堅苦しい。

啓徳大付属なら、容姿だけじゃなく頭もいいんだな。それに弓道も上手い。

きちんと体配を訓練したことがわかる引き方で、ちゃんと二本矢を取って弓構えをする。手足が長いので引き分けも大きく、残身は長く伸びた手足がとても美しい。

善美も綺麗な射をするけど、小柄だからあんなふうにカッコよくは決まらないな。

試合が始まっても、楓は三峰の事が気になって仕方ない。そちらの方ばかり見ている。

「あ、残念」

カンナが小声で言う。

「えっ、どうしたの？」

「牧野さん、二本外しました。決勝には進めない」

いつの間にか試合は進み、三射目に入ったところだ。牧野は手前の第一射場の二番目に立っている。第二射場では四人目の三峰が弓を引き、的中させた。これで三中。三峰は決勝進出を決めた。しかし、表情を変えず、次の射の準備に移る。

善美は一射目、二射目は的中させたが、三射目は外した。

「頑張れ」

カンナが小声で善美を激励する。

と、大きな拍手が起こった。善美の前の三峰が皆中をしたのだ。拍手はなかなか鳴りやまず、その中を表情も変えず、三峰は退出する。

善美、やりにくいだろうな。

楓は案じるが、善美はいつもと変わらない様子で弓を引いた。

矢は的中する。

「やった！　決勝進出だ」

「さすが！」

カンナや真帆たちは手を叩いて喜ぶ。楓は喜ぶというより、なんだかほっとして力が抜けた。善美が退出すると、次の女子選手たちが入場してくる。楓たちは見るのをやめて立ち上がった。個人競技の女子準決勝の次は男子団体だが、その後に女子の団体がある。そろそろ準備を始めなければならない。

楓たちが通路の階段を上がって行くと、上の方に座っていた保護者たちが口々に「頑張って」と声を掛ける。楓の父が頑張れ、というように再びガッツポーズをして見せる。楓も小さく同じポーズを取ってみせた。

「善美、おめでとう！」

「決勝進出ってすごい」

「先輩、おめでとうございます。快挙ですね」

階下で善美をみつけると、みんなは口々に祝福をした。

「次は団体だけど、大丈夫？　疲れてない？」

善美の表情が浮かないのを見て、楓は尋ねた。

「大丈夫」

善美はいつも通り素っ気なく返事する。

「応援、みんな来てるよ。賢人やカズ、ミッチー。それに善美のご家族も」

「家族が？」

珍しく善美が驚いたような顔をする。

「そう。乙矢くんとお母さま。乙矢くんは賢人たちを車に乗せて来てくれた」

善美は唇を引き結んだ。嬉しいという顔ではない。困ったというか、怒っているようにも見える。

「どうかした？」

楓が尋ねると、善美はなんでもない、というように首を左右に振った。

「みんな揃ったね」

ロビーの隅で、青田を囲むようにして部員たちは立っている。

「ここまで来たら、もう言うことはない。ここに来ることが自分たちの目標だった。ここまでみんなよく頑張ったね。だから悔いのないように。的中数は気にしなくていい。一射でもいい、自分がいまできる精一杯の射をここでできればいい」

「はい！」

みんなは声を揃えて返事をする。

「本来、出場できるはずのなかった試合だ。正直みんなには無理をさせたね。すまなかった」

青田は頭を下げる。意外な行動に、みんなは面食らう。

「先生、そんな……」

「だけど、出場することがきっと武蔵野西高校弓道部の明日に繋がる、と僕は信じている。関東大会出場という実績は、あとに続く後輩たちの目標になる。次は自分たちの番だと思うだろう。だから、みんなこの舞台を楽しんで。君たちは関東大会に選ばれたメンバーなんだ。この雰囲気を、緊張感を、みんなの声援を、よく味わって。二度と同じ試合はない。今日を最高の思い出にするんだ」

「はい！」

青田の言葉に送られて、楓たちは控えの場所に向かった。

団体戦の予選は二回ある。一回目一校五人がそれぞれ四射する。二回目も同様。的中数を合計して、上位八校が決勝に進む。予選二回はその日のうちに行われる。男子一回目、女子一回目、男子二回目、女子二回目という順番だ。

各地区三校ずつ選ばれているので、全部で二四校が出場している。一回につき二射場つまり二校が引くので、なかなか時間が掛かる。

出場が近づいて、扉の前で整列する。同時に射をする栃木の学校と一緒だ。楓たちは第一射場つまり安土に向かって右手側、栃木の学校が第二射場だ。

栃木は開催地というだけでなく、弓道が盛んな地区でもあるらしい。優勝候補と名前が挙がるのも栃木の高校だ。だから応援団も熱が入る。

同時に射をするといっても、トーナメントではないから気にすることはない。私たち、もともと勝敗は関係ないし。

楓はそう自分に言い聞かせる。目の前の栃木の選手たちは細い赤のハチマキをして、胴着も白ではなく黒。袖のところに学校名が書かれている。袴も黒で、右腰のところに赤で選手の名前が刺繍されている。袴の隙間からちらっと見える帯も赤で統一しているらしい。

その格好だけで強豪校っていう感じ。

自分たちは白の胴着に紺の袴。紺の帯。どれも弓具店で売ってる量産品だ。格好だけでも、どちらが強いか一目瞭然だな。

そう思いながら、一列になって射場のある会場に入る。

入った瞬間「よっし！」という声が会場中に響いた。誰かが的中させたらしい。

これまでの試合とは全然違う。声が頭から降り注いでいる。客席にいる時より歓声がさらに大きく感じられる。

そう思ったら、急にドキドキしてきた。

やっぱり特別な試合なんだ。

パイプ椅子に座って、前の学校の射が終わるのを待つ。五人目の射が終わると、また「よっしゃ」とか「しゃー」という歓声と拍手がひときわ大きく響いた。その学校の生徒は三巡目を全員が的中させたらしい。誰かが皆中した時と同様、何巡目かで五人全員が的中させると、大きな拍手が起こる。会場中がどよめいている。

こんな中、動揺せずに射ができるって、すごいなあ。

手にじんわりと汗が出てくる。

いや、いいんだ。私たちには勝敗は関係ない。自分が満足する射ができればいいんだ。

楓は大きく深呼吸をする。

落ち着け。失敗してもかまわないんだから。

そうしているうちに出番になった。

五人射場に並ぶ。まだ楓はドキドキする気持ちが抑えきれない。

そして善美の第一射。大きく的を外してぼこん、という音が鳴った。

善美、大丈夫かな。

続くカンナ、真帆、葵も的を外す。

私だけでも、と思って引いた楓の射も、的の後ろに流れた。

その瞬間、大きなどよめきと拍手が起こった。

第二射場の栃木の学校の全員が、一巡目を的中させたらしい。

トーナメントならもう勝負がついた、ってところだ。

どよめきが収まらないうちに発射された善美の矢は、ふたたび的を外す。続いてカンナ、真帆、葵も的中を逃す。

二巡目も的中なしは避けたい。どうか、中って。

祈るようにして引いた射は、なんとか的の端に中った。

よかった。

しかし、三巡目でも善美は外してしまう。

どうしたんだろう。大丈夫かな？

次のカンナが的中させ、葵も中てたが、真帆と楓は外してしまう。次の構えに入りながら、栃木の学校は何度も「よしっ」と声が掛かっている。ちらっと相手の看的表示板を見ると、○がたくさん並んでいる。もう四巡目なのに、自分たちはまだ○三つだ。

四巡目、ようやく善美に中りが出た。続くカンナも的中。真帆と葵は外すが、楓も外してしまった。

「ただいまの結果は、○○高校一五中、武蔵野西高校五中でした」

結果を伝える場内アナウンスを聞きながら、楓たちは射場をあとにする。

一〇射の差か。予想はしていたけど、こんなに差がつくとは。

都の一次予選では三人でも七射的中させたのに、正直情けない。

会場を出た途端、カンナが善美に聞く。

「先輩、大丈夫ですか？」

善美の的中は一。こんなに不調なのは珍しい。ムサニの女子は善美が得点源だ。善美が三中もしくは四中させるから、ほかの選手が凡庸《ぼんよう》でも勝ち上がれたのだ。

「……ちょっと気持ちが乱れた」

いつもの善美らしからぬ言葉だ。

「気持ちが乱れたって、どういうこと？」

楓が尋ねたが、善美は首を振るだけで、説明しようとしない。

後ろにいた青田が善美に言う。

「ちょっとそこで素引きしてごらん」

人の少ないところに移動して、善美は弓を起こし、大三の姿勢を取る。それから引き分けをして、弦を放す。

「打ち起こしも引き分けも、いつものタイミングより早い。呼吸と合ってない」

青田に指摘されて、善美ははっとした顔になる。

「どうしたの？　いつもはもっとゆったりとした射をしているよね？」

「はい。そうでした。先輩のタイミング、いつもより早かったです」

善美の後ろで引くカンナが言う。練習もその順番でやっているから、ちょっとした違いもカンナは敏感に反応するのだろう。

「……すみませんでした。射に集中できていなかった」

「そういう時もあるって。私も会場の声にびびって、あがっちゃったし。善美は大前だから、審判員のすぐ前だもん。緊張するよね」

善美を励まそうとして、楓が言うと、真帆がびっくりしたように言う。

「善美先輩でも緊張されるんですね。あんなに上手なのに」

「上手とか下手とか関係ないですよ。緊張っていうのは過剰に交感神経が働くことだから、誰にでも起こる。水泳をしていた時、コーチが言っていました」

葵が淡々と語る。真帆が葵に聞く。

「じゃあ、どうすればいいの？」

「腹式呼吸を行って副交感神経の働きを活発にする。それから、よいイメージを頭に思い浮かべる」

「よいイメージって？」

「身体が軽くなって、すいすいと一位でゴールする様子を映像で思い描けってコーチには言われてました。弓道なら、四射全部が的に中るってことでしょうか」

腹式呼吸は知っていたけど、よいイメージを抱くことも効果があるのか。

「まずは腹式呼吸で気持ちを落ち着かせる。それから悪いことを考えず、よいイメージを頭に浮かべる。それもできるだけ具体的に、細かいところまで精密に。どんなスポーツでも、緊張を克服するためにやれることとしたら、そのふたつくらいのようです」

よいイメージ。

自分も……皆中のイメージを持って引けばいいという事だろうか。

前に皆中した時は、どんなイメージだっけ。

「どうしたみんな。しょぼくれた顔をして」

ふいにダミ声が聞こえた。田野倉だ。

「たのっち、いままでどこにいたんですか？」

「一階の端で見ていた。ずっと保護者と一緒では疲れるからな。まあ、みんな頑張ったじゃないか」

「頑張った？　予選より的中数が少ないのに？」

「本選では緊張して予選より下回るのはよくあること。都立南だって予選では三人で一〇中。平均すれば三中以上だったのに、今回の一戦目では一四中だ。平均三中より下回っている。そんなもんだ」

「でも、今回五中しかできなかったし」

「今回カンナは二中。楓も葵も一中している。実力から言えばまあまあの成績だ。緊張する中、よく頑張ったと思うよ」

「でも、善美が……」

「そう、いままでのムサニは善美頼みだったからな。善美も人間だ。不調な時もある。それを補えるだけの力がほかのメンバーになかったのだから、仕方ない。それがおまえらの実力だ」

励まされているのか腐《くさ》されているのか、よくわからない。

「そもそも、おまえら優勝とか決勝トーナメント進出を目指していたのか？」

「いえ、そこまでは……」

「だろ？　急ごしらえの部がたまたま出られただけなんだから、関東大会に出てくるエリートチームにかなうわけがない。ビリだって当たり前。せめてブービー賞を目指せや。ブービー賞以上なら上出来だから、夕食に好きなものを奢《おご》ってやる」

「ブービー賞って、何位でしたっけ？」

真帆が楓に尋ねる。

「ビリから二番目のことだよ。確か、ゴルフ用語だったと思う」

父からそういう話を聞いた事がある。楓の父はたまに接待ゴルフというものに参加している。

「ちなみに、いまのところムサニ女子は五中でダントツ最下位だ。予選二回目でその倍は取らないとブービー賞も難しいだろうよ」

「言いましたね。じゃあ、ブービー賞なら好きなものを奢る、その約束を忘れないでくださいね」

カンナが言う。

「ホテルの近くに美味しそうなステーキのお店がありましたね。私、ステーキ食べたいな」

「お寿司屋さんもありましたね。回らない、高そうなお店。そっちもいいですね」

カンナと真帆が嬉しそうに言う。それまで漂っていた重苦しい雰囲気は、いつのまにか一掃されている。

たのっちはいい加減だし、言うことも適当だけど、なんとなく前向きになれる。

そう、私たち、ビリで当たり前なんだ。緊張する必要なんてない。

「まあ、奢るのはブービー賞以上取れたらだからな。せいぜい気張れや」

「よしっ、ブービー賞目指すぞ。頑張ろう！」

楓が言うと、「おうっ！」とみんなが答える。周りにいた学校の選手がぎょっとしたようにこちらを見ていた。


予選二回目。

楓の気持ちはだいぶ楽になっていた。一回目は最低の得点。だったらこれ以上落ちることはない。

高校で、大きな大会に出るのはこれが最後になるだろう。せめて「よしっ」の掛け声くらいはたくさんもらいたいな。きっと二階で賢人やカズ、ミッチーそれに乙矢くんも大きな声で言ってくれるはず。

射場のパイプ椅子に座って、前の学校の射が終わるのを待っている。腹式呼吸を何度か繰り返す。隣の方を見ると、真帆がまた緊張したように左手で袴をぎゅっと握りしめている。

「腹式呼吸。それに、ブービー賞」

真帆に聞こえるように、そっと楓はつぶやく。真帆は少し驚いた顔でこちらを見て、かすかに微笑んだ。

前の高校が退出して、楓たちは射位に着く。

矢を二本足元に置き、二本を右手に持つ。

前から順番に射をするので、落ちの楓の番までは時間がある。

少しドキドキしてきた。

いけない。腹式呼吸。

楓は大きく鼻で息を吸い込み、吐き出した。

大前の善美が射を放った。的の方を見なくても、スパンという快音が響いて結果がわかる。

よしっ、善美は調子を戻した。「よしっ」という声が響く。

続くカンナも快音を立てる。

うん、いいぞ。

その後は意識を自分の射に向け、耳でみんなの結果を追うのは止めた。何度も「よしっ」という大声が響き渡るのは、味方の射よりもたぶん相手の栃木の学校の方だろう。

楓たちの時は、はるかに小さく、まばらだ。それからも意識を離す。

何も考えなくても身体は射法八節を覚えていて、その通りに身体が動く。最後に身体を大きく開くことだけを考える。

矢が離れた瞬間、的中だとわかる。

快音がして、「よしっ」という声が観客席の後ろの方から響く。

あの声は賢人かな。うん、大丈夫。私も大丈夫だ。

その後もほかの人に意識を向けることなく、自分の射に集中する。

二射目と三射目も的中。

その瞬間、「よしっ」と叫ぶ声と、大きな拍手が起こった。

あれ？　まだ三射目だから皆中の拍手が起こるはずないのに。

まさか、三巡目は五人的中させた？

いや、たぶん栃木の学校の方だろう。気にすることはない。

それからまた意識を自分の射に戻す。

今日最後の射。おそらく大きな大会で引く最後の射。

既に前に立つ部員は引き終わって、順番に射場を後にしている。栃木の選手も全員終わったようだ。射場に残るのは自分だけ。だから、焦ることはない、自分の射を引こう。

遠くで拍手が起こる。皆中して退出する選手に贈られる拍手だ。でも、それも関係ない。

ゆっくり打ち起こした弓を、左右均等を意識しながら大きく引き分ける。

そして縦横十文字《たてよこじゅうもんじ》を意識しながら胸と肩を伸ばし、自然と矢が離れるのを待つ。

ああ、これは弓道会で習った審査の時の射だ。自分本来の射だ。

矢はまっすぐ飛んで、的の真ん中に中る。

「よしっ」という声がした。いまの声は乙矢だ。それに賢人やミッチーの声も混ざっている。同時に大きな拍手も起こっている。

そうか、私皆中したんだ。

引き終わって出口の方に向かう背中に、アナウンスが響いた。

「ただ今の結果、○○高校一三中、武蔵野西高校一四中でした」

すごい。強豪校を上回る的中数だ。そんなこと、あるの？

もし、トーナメント戦だったら、私たちが勝ってるってことじゃない。

射場の外でみんなが待っている。

「やったね！　一四中だって」

「で、みんな何中ずつしたの？」

楓がみんなに聞く。一四中はムサニにとっては上出来すぎる的中数だ。

「まず善美先輩が皆中、続くカンナ先輩も惜しかったです。最後を外したけど三中。真帆さんも三射目を的中させて一中。葵も頑張って三射目と四射目が的中。最後に楓先輩が見事に皆中して締める、という感じです」

細かく報告するのは、後ろで見ていた補欠の芽衣だ。

「よかったー、みんな素晴らしかったね。真帆も葵もよかったね。練習の成果を出すことができたんだね」

楓が言うと、真帆が嬉しそうにこくりとうなずく。葵も嬉しそうだ。

「私たち、頑張りました。自分が皆中できなかったのは残念だけど」

カンナが言うと、横にいた青田先生が言う。

「それは来年の関東大会に取っておけ、という事だよ。善美と楓は最後の関東大会だから、天が味方してくれたかな」

青田先生も笑っている。予選一回目の後のどんよりした空気とは雲泥の差だ。

「よかったな。おまえら、ビリは免れたぞ」

そんなことを言いながら、田野倉が近づいて来る。

「うん、この成績なら下から五番目か六番めくらいにはなれそうだ」

「約束ですからね。好きなものを奢ってもらいますよ」

「ああ、ホテルの近くに上手い餃子屋《ギョーザ》がある。試合が終わったら、そこで好きなものを好きなだけ食わせてやる」

「ええっ、餃子なんですか？」

「宇都宮と言えば餃子だろう。せっかく宇都宮にまで来て、名物を食わないでどうする」

「あー、だまされた。この人、こういう人だった」

カンナが大げさに嘆いてみせる。

「カンナ、おまえ食い物のために頑張ったのか？　そんなに食い意地張っていたのか？」

「そうですよ。それが何か？」

それを聞いてみんなが爆笑する。緊張から解き放たれて、ささいなことがなんだかとてもおかしい。

「残念ながら決勝トーナメント進出はできなかったが、これなら東京代表として恥ずかしくない成績だろう」

「そうでしょうか？　下から五番目でも？」

楓が尋ねる。

「都立南は好調で決勝トーナメント進出できそうだが、西山大付属は無理だろう。たぶんうちより的中数は少ない」

「えっ、そんなことが」

「大前の選手が緊張してガタガタだった。予選の一回目二回目ともに的中数ゼロ。それに引っ張られて、二人目三人目もいまいち。個人戦にも出場した神崎は二回目に皆中してさすが、というところを見せたけど、団体戦はひとりだけでは勝てない」

「西山大付属でも、そんなことがあるんですね」

「高校弓道の場合は絶対確実ってことはまずないからね。ちょっとしたことでチームがガタガタに崩れたりする。若い分、ささいなことで気持ちが揺らいだりするからね」

楓は練習試合の時、神崎瑠以に言われた言葉を思い出した。

『あなた方も東京代表なんだから、みっともない射はさせないで』

瑠以は今頃どう思っているだろう。自分の言った言葉に、自分自身が縛られているのではないか。

ちょっと愉快に思ったが、それはあまりいい事じゃない、と慌てて打ち消す。以前祖母に『人の失敗を笑う人は品がない。いつかその失敗が自分に返ってくる』と言っていた。『品のないことはおやめなさい』というのは、祖母がいつも言っていることだ。ほかの学校のことを気にするのはやめよう、と楓は思った。

「どう考えても上位八校には入れないから、団体戦の結果は出てないけど、ここできみたちの試合はお終《しま》いだ。お疲れさま」

田野倉に言われて、身体の中に残っていた緊張が一気になくなる感じがした。

私の関東大会はここで終わり。ここに来るまでは本当にいろいろあったけど、最後はいい射が引けたからよかった。

この大会に出られて本当によかった。

私の弓道生活もこれで一区切りかな。やれるだけのことはやったし、ここで皆中できたことは一生の思い出になると思う。

「明日善美の個人戦決勝があるけど、みんな、見て行くよね？」

青田が確認する。

「もちろんです」

みんなが声を揃えて答える。

「楓はいいのか？」

青田は受験生である楓のことを気遣っている。

「はい。たぶん帰っても善美の結果が気になると思うので」

次のインターハイ予選は一週間後にある。インターハイ予選は五人立ちだし、選抜されるのは一校だけだから、自分たちにはチャンスはない。だから高校最後の大きな大会である関東大会を、自分も精一杯楽しみたい。自分の出番は終わったから、決勝トーナメントを観客として純粋に楽しみたい。

「そうだ、賢人たちはどうするかな。私、連絡してみる」

カンナはスマホを取り出す。

「あ、グループＬＩＮＥに連絡来ている。いま武道館の正面にいるって。賢人たちは駅前のビジネスホテルに泊まるんだけど、保護者の人たちはこれからすぐ東京に戻るので、見送りしているらしい」

善美の母以外の保護者は、明日は観戦には来ないだろう。東京まで二時間くらいは掛かるし、

「私たちも見送りに行く？」

「そうだね。わざわざ来てくれたんだから、挨拶したいよね」

「じゃあ、急がなきゃ。先生、荷物置いて行きますので、見張り、お願いします」

そう言い残して、楓たちは小走りに玄関に向かう。走りながら笑みがこぼれてくる。

楽しかった、ほんとに。

この仲間たちとここに来られてよかった。

正面玄関の方には人だかりができている。その中に自分の両親をみつけて、楓は大きく手を振った。両親も気づいて微笑んでいる。時間は四時を過ぎているが、日はまだ高く、空は抜けるように青かった。

15

翌日楓たちは早めに会場に行き、ビジネスホテルに泊まった賢人たちと合流して、席に座った。保護者では善美の母だけは残っているが、まだ会場入りはしていない。乙矢とは別行動のようだ。

「善美の出番までには必ず入ると言っていた」

乙矢は言う。最初に男女の団体戦決勝トーナメント。準決勝、決勝まで行われる。個人戦決勝はその後一一時半頃開始予定だ。

観客席の一列目に弓道部の面々は陣取った。乙矢は遠慮したのか二列目に一人で座ったので、楓はその隣に座った。乙矢と親しいのは自分と賢人だが、賢人はカンナと一列目に並んで座り、ふたりで楽し気に話している。乙矢は楓と反対側の席に持っていた鞄《かばん》を置いている。母の分を取っておくつもりなのだろう。

「そういえば、ミッチーは？　東京に帰ったの？」

ミッチーも三年生だ。受験勉強をするために早々に引き上げたのだろうか。

「ミッチーも一一時前まではホテルで勉強するらしい。うちの母と同じホテルだから、一緒にタクシーで来るらしいよ」

「そうか、えらいね。私もほんとはそうしなきゃいけないんだけど」

「数時間くらいじゃ、そんなに変わらないよ。メリハリをはっきりつけて、遊ぶ時は遊ぶというのも大事。だらだらやってても、頭に入らないからね」

難関大学に現役合格している乙矢は、そうやって要領よく受験勉強していたのだろう。だが、旅行中も勉強しようというミッチーの気持ちが、楓にはわかる。不安なのだ。少しでも勉強すれば、気持ちが落ち着くのだ。実は楓のポケットには英語の単語帳が入っている。隙間時間にできれば、と思ったのだ。

だから、ミッチーが会場まで応援に来てくれるとは思わなかった。自分の試合もないし、ただ応援するだけなのに。受験勉強を優先するかと思った。

おそらく去年のミッチーだったら、絶対に来なかった。彼は変わったと思う。

「じゃあ、ミッチーの席も取っておかなきゃね」

楓も自分の隣の席に、持っていたタオルを置いた。

選手が入場して来る。そろそろ試合開始だ。観覧席も八割がた埋まっている。

「男子の一回戦はどの学校だっけ」

乙矢は公式パンフレットを開いた。会場の入口で販売していたものだ。パンフレットには各校の選手名簿や、対戦表が載っている。結果は空白になっていて、自分で書き入れることができる。乙矢はそれぞれ○とか×とか丁寧に書きこんでいる。決勝トーナメントの対戦内容を書きこむページもある。対戦表の学校名は空白で印刷されているが、乙矢は綺麗な字で対戦する高校名を記していた。

「埼玉《さいたま》対栃木か。やっぱり栃木は強いね。決勝トーナメントに三校とも出場している。地元有利っていうだけじゃなく、もともと弓道が盛んなんだろうね」

「東京は？」

「東京は残っていない。三校とも予選敗退」

「そうなんだ」

ちょっと残念だ。自分の学校じゃなくても、地元に頑張ってほしい。

試合が始まる。決勝トーナメントとなると、一段と声援は大きくなる。埼玉からも応援団が来ているのか、一射決まるごとに「よしっ」とそれぞれに大きな声が上がる。予選一位通過の埼玉の学校が栃木の学校を難なく破り、準決勝に進んだ。

トーナメントなので負けたらそこで終わりだから、予選よりも緊迫感が漂っている。歓声も昨日よりさらに大きい。

この声援の大きさは選手にとってプラスになるんだろうか？　むしろ緊張感を増幅

させるだけじゃないか？

だが、決勝トーナメントに出場する選手たちはみな落ち着いていて、堂々としている。綺麗な射の選手ばかりではないが、的中率は高い。

さすがだなあ、と見惚れているうちに男女とも一巡し、準決勝になった。上位八校ずつ、トップ4を目指す争いだ。

試合は淡々と進むが、会場内は満員。熱気が増している。応援の声もボルテージが上がっている。

緊迫するあまり、ある選手が外した時、直後にひとりだけ大きな声で「よしっ！」と叫んだ男性がいた。失敗した時に「よし」と言うのは、選手に失礼だ。すぐ近くの席だったので、楓は思わず振り向いてそちらを見た。すると、仲間らしい人が腕を摑んで何か言っていたので、おそらく注意をしたのだろう。その後その人はおとなしくなった。

試合の方は名勝負になると思いきや、番狂わせが起こる。決勝トーナメント一回戦を一八中という好成績で勝ち抜いた千葉の高校が、的中数はわずか八で惨敗した。一試合目より一〇射も的中数が少ない。

「どうしたんだろう？　一戦目は八校の中でもトップの的中数だったのに」

「そういうこともよくあるよ。準決勝に進んで、急に優勝がちらついたんだろうね。一戦目がよかっただけに、欲が出たんじゃないかな」

強い学校でもそういうものなのか。自分たちも一戦目と二戦目の成績は全然違ったけど、波があるのは未熟だからだと思っていた。

「どんな時でも、自分たちの射ができる学校が強い。それができる学校が優勝する」

それはそうだ。それがなかなかできないから、弓道は難しい。

そうして休む間もなく女子準決勝の戦いが始まる。

女子の方には、東京代表の南高校が残っている。南高校は第三シードだ。相手は地元栃木の高校。栃木は女子も二校が勝ち残っている。

楓たちは唯一準決勝に残った東京代表を応援する。的中するたびに「よしっ」と大きな声を出す。

南高校は落ちの選手と大前の選手ふたりが皆中という健闘ぶりを見せるが、相手はそれを上回った。選手三人が皆中。一四中対一五中とわずかの差で敗れた。

「あー、残念」

「相手が悪かったね」

楓たちは口々に言う。やはり同じ東京の学校に頑張ってほしかった。

勝負が決まって次の学校が射場に入る。楓はドキッとした。第一射場に立ったのは、啓徳大学付属高校。あの、乙矢によく似た三峰という美少女のいる学校だ。楓たちの座っている場所からは、三峰がよく見える。

楓はそっととなりの乙矢を見る。

やっぱり似ている。善美よりも兄妹みたい。

「あの子、乙矢くんに似ているね」

そう言ってみたいが、なんとなく言えずにいる。

だが、そんなふうに思ったのは楓だけで、ほかの仲間は全然気にしていない。

「あれ、啓徳の落ちの子、乙矢に似てない？」

「えっ、どれどれ？」

「ほら、あの髪を後ろに束ねた」

「似てる。確かに！」

前の列の賢人たちが騒ぎだした。

「乙矢くん、知ってる人？」

楓が隣の乙矢に聞く。乙矢はじっとそちらを眺めて不思議そうな顔をしている。

「全然知らない。他人のそら似じゃないかな」

そんな話をしているうちに、試合が始まった。それで賢人たちも静かになった。啓徳大学付属は終始落ち着いており、全員で一五中してあっさり決勝に進んだ。三峰は皆中した。

「女乙矢、凄いじゃん」

「啓徳の落ちだもん。上手いのは当然」

「でも、ほんとに似てるね。並んで立ってほしいよ」

「生き別れの兄妹とか？」

「善美と病院ですり替えられて、実はあっちが本物の妹だったりして」

賢人たちが勝手な話で騒いでいる。乙矢は困惑した顔だ。そこにミッチーが乙矢の母を連れてやってきた。

「遅くなってごめん。いま試合はどこまで進んだ？」

善美とそっくりな乙矢の母を見て、みんなは黙り込んだ。勝手な妄想で盛り上がったのが、恥ずかしくなったのだろう。

「いま、女子団体の準決勝が終わったところ。これから男子決勝戦が始まる」

「ああ、よかった。個人戦には余裕で間に合ったね」

ミッチーがそう言って空いた席に座った。乙矢の母も乙矢の隣に座る。

その後はみんな礼儀正しく試合を観戦した。

男子決勝戦は栃木対決になった。決勝トーナメントの第二シードと第三シードだったから、順当な勝ち上がりと言えるだろう。

同じ県だから、いろんな大会でこの二校は勝負をしているのだろう。二校ともそれを裏付けるような落ち着いた戦いぶりで、第三シードの高校が優勝を決めた。

女子の決勝戦は啓徳大学付属啓徳高校対地元栃木の高校。

やはり神奈川からでは遠いのか、啓徳付属の応援は少ない。「よしっ」という掛け声の量から察すると、数人しかいないようだ。一方の栃木の学校には歓声が凄い。それで楓たちは啓徳付属の方を応援する。栃木よりも神奈川の方が東京から近いし、馴染みもある。一中するごとに「よしっ」と大声を出す。

そうすると、やっぱり啓徳付属に勝ってほしいという気持ちが強くなる。四射したところで一三対一三の同中。そのまま競射に移る。一人一射ずつ一巡して結果を競う。一巡目三中対三中。二巡目は二中対二中。三巡目、啓徳が四中して二中の栃木の学校を上回り、優勝を決めた。会場は大きな拍手に包まれる。応援していた学校かどうかは関係なく、選手たちの健闘を会場中が称えている。

息をするのも遠慮するような緊張感だったが、決着がついて会場中に安堵の空気が流れている。

「あの子、一試合目は見てなかったけど、準決勝からは全部中ててたね」

乙矢がぽつりと言う。楓は一戦目から注目していたから、一戦目も皆中だったことを知っている。

「すごいね」

「あの子、個人戦にも出るのかな。だとすると、その前にいいステップになったね」

確かにそうだ。善美の方は、今日はいきなり個人戦決勝だ。一方三試合して、競射もして、全部皆中して優勝を決めた三峰は、身体も温まっているし、きっと気持ちよく個人戦に臨むだろう。

「あの子がたぶん優勝候補だね」

楓も同意する。善美は今日はせいぜい巻藁をやるくらいだ。試合に臨む準備という点では全然違う。

「あの子に限らず、個人戦の決勝に出る子は団体戦の決勝トーナメントに出るような子が多いだろうしね。善美は不利だな。昨日も調子悪そうだったし」

善美は団体戦予選の一回戦で一中しかできなかった。善美としたら不本意な成績だ。練習では三中以上が当たり前という実力なのだから。

「でも、昨日だって二回目は皆中したし、それで調子を取り戻したんじゃないかな」

「そうだといいね」

女子団体の後には一〇分ほど休憩があり、その後すぐに男子個人戦決勝が始まった。

決勝はいきなり射詰競射だ。ひとり一射して的中したら残る。外した段階で抜ける。

うわ、これは失敗できない。緊張するな。

男子で個人決勝に進んだのは一二名。だが、一巡目で早くも七人が的中できずに抜ける。二巡目ではひとりが抜け、三巡目で三人が抜け、そこでただ一人的中した栃木の選手の優勝が決まった。会場は大歓声だ。

「わー、緊張した」

決まった瞬間、楓は思わず大きく息を吐いた。ずっと息を詰めてみていたみたいだ。

「やっぱり栃木のあの選手は強かったね。確か団体戦でも活躍していた」

「だけど、ほんとにあっという間だった。個人戦しか出ない選手は、もしかしたら今日は一射しただけでお終いだったかもね」

それは大いにありうることだ。善美だって、一射目を外したらそれで終わり。やはり突出した選手がひとりいるより、チームで強い方が何かと有利だ。個人戦に同じ学校の部員がいるだけでも、プレッシャーが少し軽減されるだろう。

私がもうちょっと強かったらな。善美と一緒に戦えたのに。

同じ時期に弓道始めたのに、あちらは射場。私は観客席。もうこれだけ差が開いている。

順位決定戦は遠近競射。つまりひとつの的を順番に狙い、的の中心からの距離が近い者から上の順位になる。粛々と順位が決まって行く。

男子個人の競技がすべて終わると、女子選手が入場してきた。女子の決勝進出者は八名。善美は右手第一射場の四番めだ。啓徳付属の三峰選手はそのすぐ後にいる。八人目に牧野栞がいる。順番に名前がアナウンスされる。名前が呼ばれるごとに、拍手が起こる。

「……東京都武蔵野西高校、真田善美さん。神奈川県啓徳大付属啓徳高校、三峰奏楽《そら》さん……」

そうか、あの子はそらという名前なんだ。

楓はその名前を頭に刻む。

「始めてください」

その声で跪坐《きざ》で待機していた選手たちが一斉に弓を立て、矢を番える。大前が立ち上がり、行射する。続いて二人目、三人目と粛々と続く。

善美の顔を遠目に見る。

いつもどおりの善美だ。最初の射は難なく的中する。続く三峰奏楽も的中させた。

一巡目では五人が的中させる。的中させられなかった三人は後ろに退く。

二巡目で二人が抜けた。牧野はこの段階で脱落。三巡目でさらに一人が抜ける。

残ったのは善美と三峰だ。

四巡目。ともに的中。

「すごい」

思わず楓は呟く。よくこの緊張の中で動じずにいられる。自分だったら、足が地に着かないくらい緊張するだろう。

五巡目をふたりが的中させたところで、いったん試合が中断される。係員の人たちが的の方に集まっている。

「何をするんだろう？」

楓の問いに、乙矢が答える。

る。

「的を変えるんだよ。いままでの霞的から八寸の星的に変えるんだ」

「星的？　一回り小さいやつ？　それだったら、練習で使っていたよ」

最初は善美も勘が狂う、と嫌がっていた。だが、最終的には星的でも練習してい
る。

まさか、青田先生はこれを見越して星的で練習させたわけじゃないよね。

設置が終わり、六回目の行射が行われる。

ここで勝負が決まった。善美は的中。三峰の放った矢はわずかに的の下の方に外れ
た。

「善美、凄い！」

思わず立ち上がって拍手する。いつも隣で練習している善美が、関東大会で優勝。

なんて凄い。

「おめでとうございます。善美さん、素晴らしいですね」

楓は隣に座っている乙矢と乙矢の母に言う。

「ありがとう」

乙矢の母はそっとハンカチで目を押さえる。

それを見て、楓の胸にもじんとくるものがある。

最初は弓道をすることに反対していたけど、いまでは善美のことをちゃんと認めているんだなあ。よかったなあ、と心から思う。

「私、善美先輩のところに行ってくる」

「私も」

女子部員は立ち上がる。楓も立ち上がる。

「僕らは表彰式の後で行くよ」

ミッチーが言う。女子部員は出場選手だから善美のいる待機所に行けるが、一般で入場している男子たちはそこへ行くことはできない。楓たちは関係者専用の階段を通って、階下のロビーに行く。

隅《すみ》の方に何人かに囲まれた善美がいた。

「先輩、おめでとうございます！」

カンナは人目を気にせず、楓に抱き着いた。

「あ、ありがとう」

「すごい、ドキドキしました」

「善美さん、凄かったです」

みんなが口々に祝福する。それに圧倒されたのか、傍に立っていた男性二人組が、青田に言う。

「じゃあ、また東京に帰ったら、連絡します」

そうして「じゃあ」と善美の方に会釈をして、立ち去った。

「あの人たちは？」

「N大のスカウトだそうだ」

そうか。関東大会個人戦優勝なら、大学からスカウトも来るはずだ。

「真田さん」

声を掛けてきたのは、啓徳大付属高校の三峰だ。近くで見るとやはり乙矢に似ている。そして美少女だ。

「優勝、おめでとうございます。素晴らしい射でした」

三峰は笑顔で手を差し出す。握手を要求している。善美は一瞬ためらったが、結局三峰の手を握り返した。

「いいですね。一枚貰います」

マスコミの腕章を付けた男性が、ふたりにカメラを向ける。三峰は慣れた態度でそちらに笑顔を向ける。まるでタレントのようだ。一方の善美は戸惑ったような顔。

「笑顔で、こちら向いてください」

そう言われても、善美の表情は変わらない。

「ありがとうございました」

男性はカメラを下ろす。三峰は善美に言う。

「次はインターハイですね。お会いできるのを楽しみにしています」

「はあ」

善美は気の抜けた返事をする。

「それから、乙矢くんとお母さまにもよろしくお伝えくださいね」

それを聞いて善美は眉をひそめた。三峰は他意がなさそうな無邪気《むじゃき》な顔をしている。そうして三峰は奥の方に去って行った。善美はその背中を呆然《ぼうぜん》と見ている。

「あの人、知り合い？」

楓が小声で尋ねる。

「昨日初めて会った。私の従妹《いとこ》だそうだ」

善美は楓にだけ聞こえるように耳元で言う。

「従妹……」

なるほど、それなら乙矢くんに似ていても不思議じゃない。

だけど神奈川に住む従妹と、いままで会ったことがないって、どういうことなのだろう？

従妹というなら、親同士は兄弟のはず。そんな近い関係なのになぜ？

「乙矢にはこのこと、黙っていて」

「わかった」

善美の家にはいろいろと複雑な事情がある。おそらくそれに絡んだことなのだろう。自分はその事情をほんの少し知っているだけだ。うかつに憶測するわけにはいかない。

「せっかくだから、みんなで写真を撮らないか？」

そう言ったのは田野倉だ。その手には学校名が書かれたプラカードがある。試合中看的表示板の上に掲げられていたものだ。試合が終わったら、記念に持ち帰ることができる。

「じゃあ、僕が撮りますよ」

カメラを持った男性が言う。ロビーの一角には『令和○年度　第○○回関東高等学校弓道大会』という掲示板が置かれた写真スポットがある。出場した学校の生徒たちは、そこで記念の写真を撮って帰る。

「ありがとうございます。じゃあ、お願いできますか？」

青田が自分のスマホを差し出す。

善美を中心にして女子部員が立ち、その脇に田野倉と青田が立つ。

「じゃあ、こちらに向かって笑顔で」

カメラマンがスマホを構える。

カンナがおどけた声で「はい、チーズ」と言う。

みんな緊張が抜けたように笑う。楓も笑みを浮かべていたが、三峰の言葉を思い出して、落ち着かない気持ちになっていた。

謝辞

本書の執筆にあたっては、東京都高等学校体育連盟弓道専門部の皆さま、関東高等学校体育連盟弓道専門部の皆さま、小金井《こがねい》市弓道連盟の皆さまに多大なご協力をいただきました。

そして弓馬術礼法小笠原《おがさわら》教場の皆さまには今回もご監修いただき、大変お世話になりました。

ここに感謝の意を表します。

碧野　圭

本書は書下ろし作品です。

|著者| 碧野 圭　愛知県生まれ。東京学芸大学教育学部卒業。フリーライター、出版社勤務を経て、2006年『辞めない理由』で作家デビュー。大人気シリーズ作品「書店ガール」は2014年度の静岡書店大賞「映像化したい文庫部門」を受賞し、翌年「戦う！書店ガール」としてテレビドラマ化され、2016年度吉川英治文庫賞にもノミネートされた。他の著作に「銀盤のトレース」シリーズ、「菜の花食堂のささやかな事件簿」シリーズ、『スケートボーイズ』『1939年のアロハシャツ』『書店員と二つの罪』『駒子さんは出世なんてしたくなかった』『跳べ、栄光のクワド』『レイアウトは期日までに』『書棚の番人』などがある。本書は『凛として弓を引く』『凛として弓を引く　青雲篇』『凛として弓を引く　初陣篇』に続く、弓道青春シリーズの第4弾。

凛《りん》として弓《ゆみ》を引《ひ》く　奮迅篇《ふんじんへん》

碧野《あおの》 圭《けい》

2025年3月14日第1刷発行

講談社文庫

定価はカバーに
表示してあります

発行者――篠木和久
発行所――株式会社　講談社
東京都文京区音羽2-12-21　〒112-8001
電話　出版（03）5395-3510
　　　販売（03）5395-5817
　　　業務（03）5395-3615

KODANSHA

デザイン―菊地信義
本文データ制作―講談社デジタル製作
印刷―――株式会社KPSプロダクツ
製本―――株式会社国宝社

Printed in Japan

ISBN978-4-06-538568-5

講談社文庫刊行の辞

二十一世紀の到来を目睫に望みながら、われわれはいま、人類史上かつて例を見ない巨大な転換期をむかえようとしている。

世界も、日本も、激動の予兆に対する期待とおののきを内に蔵して、未知の時代に歩み入ろうとしている。このときにあたり、創業の人野間清治の「ナショナル・エデュケイター」への志を現代に甦らせようと意図して、われわれはここに古今の文芸作品はいうまでもなく、ひろく人文・社会・自然の諸科学から東西の名著を網羅する、新しい綜合文庫の発刊を決意した。

激動の転換期はまた断絶の時代である。われわれは戦後二十五年間の出版文化のありかたへの深い反省をこめて、この断絶の時代にあえて人間的な持続を求めようとする。いたずらに浮薄な商業主義のあだ花を追い求めることなく、長期にわたって良書に生命をあたえようとつとめるところにしか、今後の出版文化の真の繁栄はあり得ないと信じるからである。

同時にわれわれはこの綜合文庫の刊行を通じて、人文・社会・自然の諸科学が、結局人間の学にほかならないことを立証しようと願っている。かつて知識とは、「汝自身を知る」ことにつきていた。現代社会の瑣末な情報の氾濫のなかから、力強い知識の源泉を掘り起し、技術文明のただなかに、生きた人間の姿を復活させること。それこそわれわれの切なる希求である。

われわれは権威に盲従せず、俗流に媚びることなく、渾然一体となって日本の「草の根」をかたちづくる若く新しい世代の人々に、心をこめてこの新しい綜合文庫をおくり届けたい。それは知識の泉であるとともに感受性のふるさとであり、もっとも有機的に組織され、社会に開かれた万人のための大学をめざしている。大方の支援と協力を衷心より切望してやまない。

一九七一年七月

野間省一

講談社文芸文庫

水上 勉

わが別辞 導かれた日々

解説＝川村 湊 年譜＝祖田浩一

小林秀雄、大岡昇平、松本清張、中上健次、吉行淳之介――冥界に旅立った師友への感謝と惜別の情。昭和の文士たちの実像が鮮やかに目に浮かぶ珠玉の追悼文集。

みB3

978-4-06-538852-5

埴谷雄高

系譜なき難解さ 小説家と批評家の対話

解説＝井口時男 年譜＝立石 伯

長年の空白を破って『死霊』五章「夢魔の世界」が発表された一九七五年夏、作者埴谷雄高は吉本隆明と秋山駿、批評家二人と向き合い、根源的な対話三篇を行う。

はJ9

978-4-06-538444-2

講談社文庫　目録

天野純希　雑賀《さいか》のいくさ姫《ひめ》
青木祐子　コーチ！〈はげまし屋・立花ことりのクライアントファイル〉
秋《あき》保《う》水《すい》菓《か》　コンビニなしでは生きられない
相沢沙呼　medium《メディウム》　霊媒探偵城塚《じょうづか》翡翠《ひすい》
相沢沙呼　invert《インヴァート》　城塚翡翠倒叙集
新井見枝香　本屋の新井
碧野　圭　凛として弓を引く
碧野　圭　凛として弓を引く〈青雲篇〉
碧野　圭　凛として弓を引く〈初陣篇〉
赤松利市　東京棄民
赤松利市　風致の島
五木寛之　ソフィアの秋
五木寛之　狼のブルース
五木寛之　海峡物語
五木寛之　風花のひと
五木寛之　鳥の歌(上)(下)
五木寛之　燃える秋
五木寛之　真夜中の望遠鏡〈流されゆく日々'78〉
五木寛之　ナホトカ青春航路〈流されゆく日々'79〉

五木寛之　旅の幻燈
五木寛之　他力
五木寛之　こころの天気図
五木寛之　新装版　恋歌
五木寛之　百寺巡礼　第一巻　奈良
五木寛之　百寺巡礼　第二巻　北陸
五木寛之　百寺巡礼　第三巻　京都Ⅰ
五木寛之　百寺巡礼　第四巻　滋賀・東海
五木寛之　百寺巡礼　第五巻　関東・信州
五木寛之　百寺巡礼　第六巻　関西
五木寛之　百寺巡礼　第七巻　東北
五木寛之　百寺巡礼　第八巻　山陰・山陽
五木寛之　百寺巡礼　第九巻　京都Ⅱ
五木寛之　百寺巡礼　第十巻　四国・九州
五木寛之　海外版　百寺巡礼　インド1
五木寛之　海外版　百寺巡礼　インド2
五木寛之　海外版　百寺巡礼　朝鮮半島
五木寛之　海外版　百寺巡礼　中国
五木寛之　海外版　百寺巡礼　ブータン

五木寛之　海外版　百寺巡礼　日本・アメリカ
五木寛之　青春の門　第七部　挑戦篇
五木寛之　青春の門　第八部　風雲篇
五木寛之　青春の門　第九部　漂流篇
五木寛之　親鸞　青春篇(上)(下)
五木寛之　親鸞　激動篇(上)(下)
五木寛之　親鸞　完結篇(上)(下)
五木寛之　五木寛之の金沢さんぽ
五木寛之　海を見ていたジョニー　新装版
井上ひさし　モッキンポット師の後始末
井上ひさし　ナイン
井上ひさし　四千万歩の男　全五冊
井上ひさし　四千万歩の男　忠敬の生き方
井上ひさし／司馬遼太郎　新装版　国家・宗教・日本人
池波正太郎　私の歳月
池波正太郎　よい匂いのする一夜
池波正太郎　梅安料理ごよみ
池波正太郎　わが家の夕めし
池波正太郎　新装版　緑のオリンピア

2024年12月13日現在